盾之勇者成名录 6

[日] Aneko Yusagi /著
[日] 弥南星罗 /绘
tomo /译

四川美術出版社

盾之勇者成名录
人物介绍
北村 元康
川澄 树
艾克蕾尔
莉西亚

岩谷 尚文
天木 炼
拉芙塔莉雅
菲洛

『……我真的……也能变强吗？』
『我会帮你的，直到你找到让自己变强的方法为止。不，我会帮你变强的！』
这可是原则问题。
莉西亚蒙受不白之冤，因为弱小而被鄙视，完全就像过去的我自己，
我一定要让她强大起来，给树一点颜色看看。
『你加入我们吧！』
莉西亚犹豫着，握住了我的手。

盾之勇者成名录 ⑥

[日]Aneko Yusagi／著
[日]弥南星罗／绘
tomo／译

四川美術出版社

目录

前言 卡尔米拉岛的好彩头

我们一边听着海浪的声音，一边看着眼前的碧海蓝天。

“一回到这座岛，感觉海上的那场混乱就像不曾发生一样。”

“尚文大人，现在远处海上好像还是狂风暴雨吧？”

我们此时正在一个叫卡尔米拉岛的度假胜地……不，应该说是一个正处于活化期的岛。

卡尔米拉岛上发生的这种活化现象，如果用网游名词来打比方的话，就等于是一次提升经验值的线上活动。

只要在卡尔米拉岛范围内打倒怪物，就可以得到比平常高得多的经验值。

说到经验值……我现在已经很习惯了，毕竟这里是异世界。

“仔细观察海平面的话，也能看到乌云啊。”

“嗯……”

我眯起眼睛眺望远方。她这么一说，好像确实隐隐约约能看到一点。

现在海浪也很高，海风相当潮湿。

“拉芙塔莉雅对海上的事很了解啊。”

“因为我是渔村出身啊，虽然不敢说有多专业，但确实了解很多。”

“是这样啊。”

至于我们现在为什么会无所事事地在这里聊天，是因为在下一个预定事项开始之前，还有很多空闲时间。

要解释为什么我会来到这个异世界，就必须从事情刚发生时说起。

我的名字叫岩谷尚文，原本是现代日本的一个宅男大学生。本来我只是随便走进一间图书馆，随手找到一本名叫《四圣武器书》的书，随意翻看了一下。等我回过神来，就已经作为那本书中描写的盾之勇者，被召唤到了异世界。

在这个世界中，有一种被称为浪潮的灾难，这种灾难最终会导致整个世界的灭亡，四名勇者被召唤到这个世界，使用各不相同的四种武器对抗浪潮。《四圣武器书》描写的就是发生在他们身上的故事。

这四个人使用的武器分别是剑、枪、弓以及盾。

我认为盾并不属于武器，而应该是一种防具，但我自己却偏偏就成了盾之勇者。

这本《四圣武器书》只写了故事的一半，就在盾之勇者的故事即将开始的时候，我才发现后面的页面都是空白的。

这差不多就是我被召唤到异世界的全部经过了。

另外，这个世界像游戏一样，有等级和经验值之类的设定。

通过打倒魔物进行升级，就能提升自己的能力

还有所谓的系统魔法，集中注意力就能打开自己的系统界面，能力状态会以数值的形式显示出来，可以随时查看。

只要努力就能得到回报，可以说是一个相当有趣的世界了。

只不过，身为盾之勇者，我受限于盾牌专精防御的性质，只能通过间接手段对敌人造成伤害。

只有召集到伙伴，才能实现作为勇者的价值。

而要让盾之勇者亲自打倒魔物则是几乎不可能完成的高难任务。

与此相对的，传说之盾也赋予了我各种各样的能力。

这种传说中的勇者的武器，可以吸收包括魔物和其他材料

在内的各种物品，并通过这种方式而成长，逐渐进化成更强大的武器。

勇者就通过这种方式变得强大，为对抗浪潮做好准备……本来应该是这样的。

四名勇者能团结起来对抗浪潮才是最理想的，然而召唤我的这个国家——梅尔罗麦克王国却公然迫害我这个盾之勇者。

一开始没有人愿意成为我的伙伴，然后好不容易有人愿意加入我的队伍，那人却只是为了找机会诬陷我，最后导致我身无分文流落在外。

我撑过了这个困难的阶段，买了个奴隶。当时我甚至不知道能不能称其为伙伴，勉强熬过了第一次浪潮。

……虽然这话说出来给人的感觉不太好，但的确是事实。

我用身上仅有的一点钱，买下了奴隶少女拉芙塔莉雅，强迫她和魔物战斗。

“接下来我们要做什么？”

“在暴风雨平息之前，我们也无法出海吧？只能在岛上消磨时间了。”

眼前这个对我抱有敬仰之情的少女就是拉芙塔莉雅。

她的外表年龄是十八岁左右，实际上要更年幼一些。

在这个世界里，她所属的种族被划分为亚人。更具体一些，她应该是浣熊种的亚人吧。

拉芙塔莉雅的形象基本上就是一个长着浣熊耳朵和尾巴的少女。

她五官端正，有一头茶色的秀发，肌肤白皙。

看见她的人应该都会觉得这是美少女吧。

亚人这个种族，即使年龄上还是小孩子，但只要等级快速提升，身体也会为了适应战斗而快速发育，所以拉芙塔莉雅现在的外表与她的真实年龄并不相符。

当这个世界第一次爆发浪潮的时候，拉芙塔莉雅就失去了双亲和出生成长的村庄，还被抓住当作奴隶贩卖，有着非常凄惨的遭遇。

最后她被我买下，一直到现在。

当时我因为蒙受冤屈，变得疑神疑鬼，完全无法信任他人，所以只能去相信无法背叛主人的奴隶。

虽然这个理由很牵强，但是拉芙塔莉雅却在一度重获自由之后，仍然愿意为了赢得我的信任重新登记为奴隶。

一个女孩子能为我做到这个地步，我当然可以信任她。

她现在也是我的好搭档。

至于她的性格，最适合的形容词就是“认真”了吧。

她认为完成使命是最优先的，如果我说了什么奇怪的话，她也会提醒我注意。

因为家人和故乡都毁于浪潮中，所以她对抗浪潮的意志也很坚定。

而且她最大的愿望就是不会再有人像她一样，有那样悲惨的经历。

我还是很尊重她这个想法的。

“菲洛。”

“什——么——”

我叫了在海里游得不亦乐乎的菲洛一声。

“我们要去市场看看，你去不去？”

“菲洛想再游一会儿。”

“知道了，那你随便吧。”

“好——哒！”

这个菲洛，是继拉芙塔莉雅之后，我的第二个伙伴……她

是个魔物女孩。

成功对抗第一次浪潮之后，我拿到一笔奖金，买下了一颗随机抽选的魔物的蛋——菲洛就是从蛋里孵出来的魔物，后来莫名其妙地居然可以变成长着翅膀的女孩子，看起来就像天使一样。

她的人形是个金发碧眼的女孩子。

一头润泽的金发闪闪发光，眼睛是通透的海蓝色，再加上雪白的肌肤，就像不知道从哪里跑出来的欧美童星一样。

而且看她的表情就知道，她的性格也是天真无邪的。

她那充满稚气的脸庞、言辞和傻乎乎的行动方式缓和了我的暴躁心情。

虽然时不时也有让人生气的情况，但也有人会觉得她即使那样也很可爱吧。

她的本体其实是菲洛鸟女王。这种鸟形魔物有爱拉马车的习性，而因为养育方式的不同，菲洛在菲洛鸟中也算是比较特别的。

她的本体比我还大，仿佛融合了猫头鹰和企鹅的特征。

虽然是鸟形魔物，却因为腿脚太过发达而不会飞，说不定和鸵鸟也有一定的相似之处吧。

她的鸟类形态的羽毛整体上是白色的，点缀着一些樱粉色。

另外她头上还有一个引人注目的特点，就是其他菲洛鸟所没有的冠羽。

变成人形的时候，那根冠羽就是一根明显的呆毛，可以说是菲洛具有代表性的特征了。

虽然她的外貌看起来只是个十岁左右的女孩，但你如果因为外表小看她，那可是要吃苦头的。

菲洛的动作很快，也远远比外表看起来更有力量。她很强大，也是我值得信赖的伙伴。

包括我在内，目前大家的等级分别是：我Lv73，拉芙塔莉雅Lv75，菲洛Lv76。

现在我的伙伴其实也只有她们两个。

老实说，人手确实有点不够。

如果这是在玩游戏，只要提升等级，总能和伙伴们一起跨越难关。然而，这里是实际存在的异世界。不管等级多高，人手不足都是很不利的。

“要应对下一次浪潮，我们需要怎么做呢？”

“如果可能的话，还是想要募集伙伴啊。”

“如果小梅尔媞还能和我们在一起，倒是可以安心一点。”

“那家伙啊？虽然她比预想的强一些，但是我们已经不能找她一起冒险了吧。”

梅尔媞是菲洛的朋友，也是梅尔罗麦克的公主殿下。

因为某些原因，她曾经作为我们的伙伴一起行动，但是总不能让公主殿下冒险和我们一起去对抗浪潮吧。

啊，对了……我之所以会被冤枉，也与梅尔媞脱不开干系。

在解释这件事情之前，必须先介绍一下召唤勇者的梅尔罗麦克王国的情况。

从宗教的角度来说，这个梅尔罗麦克王国是敌视盾之勇者的国家。

这个国家的国教名为三勇教，信仰的是盾之勇者之外的三名勇者，国民也都先入为主地认为盾之勇者就是坏人。

为什么会有这种宗教呢？

是因为梅尔罗麦克这个国家优待人类、歧视亚人。

当然，也有与梅尔罗麦克完全相反，优待亚人、歧视人类的国家。

而梅尔罗麦克与这样的国家之间，好像也长年处于战争状态。

在那些国家中，盾之勇者则是他们所信仰的宗教的神。

从我被召唤到这个世界开始，主持召唤仪式的梅尔罗麦克国王就对我抱有偏见，我无法得到与其他三名勇者平等的待遇，陷入孤立无援的境地，背负莫须有的罪名，最后还身无分文地被赶了出去。

这就是梅尔罗麦克的作风……不过现在已经不一样了。

如今整个世界陷入浪潮的危机之中，已经没有余力应对无谓的信仰之争。

作为梅尔罗麦克真正的统治者——当时不在国内的女王专门派出使者，想要缓和我这个盾之勇者与国王之间剑拔弩张的关系，这个使者就是梅尔媞。

梅尔罗麦克原本就是女王执政，是由女性统治的国家。

而我们被召唤的时候，女王正为了应对发生在全世界的浪潮而到处奔走，忙于与其他国家交涉。

按照各国最初的约定，就连召唤勇者这件事本身，也是要由其他国家来执行的，但是受女王委托留在国内的丈夫却在三勇教的教唆之下乱来，擅自召唤了勇者，这一行为几乎直接引发各国之间的战争，还是全靠女王的谈判才避免了爆发战乱。

如果没有女王的努力，现在恐怕已经没有梅尔罗麦克这个国家了吧。

当时的我们可不知道这些背后的故事——好不容易闯过了一次浪潮，正在到处经商，赚钱更换装备呢。经商的过程中，我接触到了各种各样的人，获得不少人的好感。在民众的眼中，我不再是盾之勇者，而是驾驶马车的“神鸟圣人”，受到大家的尊敬。

在这个过程中，我拿到了各种各样的道具和材料，获得了不少新的盾牌形态，变得越来越强大，最后终于能与其他三名勇者并驾齐驱了。

但是从三勇教的角度来看，“神鸟圣人”居然就是盾之勇者，这可不太好玩。

再加上其他勇者不断搞出一些烂摊子，群众的信仰也开始产生动摇，三勇教不得不使出了强硬的手段。

梅尔媞作为王国的第一继承人，为了改善我和国王之间的关系返回国内，却被三勇教设下圈套，我也莫名其妙被诬陷成绑架公主的犯人。

这下子，其他勇者也全跑来抓我，我成了众矢之的。为了证明自己的清白，我只好踏上了逃亡之旅。

逃亡途中，我们打倒了折磨过拉芙塔莉雅的贵族，也打倒了解开了封印的魔物。

在结识了菲洛鸟女王并经历了其他一些事情之后，三勇教以圣战的名义直接发起了讨伐我的战役。

从结果来说，我使用了传说之盾的负面力量，用盾牌里潜藏的诅咒之力打败了率领三勇教的教皇，证明了自己的清白。

女王后来也回到了国内。虽然国王是她的丈夫，陷害我的贱人公主是梅尔媞的姐姐，但她也还是铁面无私地严惩了这两个人。现在他们两个人连名字都改成了垃圾和贱人。

在那之后，我和其他勇者总算有了平等的地位。有了国家的支援，这下就可以没有后顾之忧地对抗浪潮了。

事情发展到这里还算不错，不过今后的问题仍然很严重。

“啊……为什么他们偏偏是敌人啊？我还想邀请他们加入我们呢。”

“是啊……那两位明明很可靠的……真是遗憾啊。”

"……是啊。"

在来卡尔米拉岛的路上，我们认识了同住一间船舱的两名冒险者——拉尔科贝尔克和特莉丝。

拉尔科属于那种让人感觉非常可靠的大哥类型。

他的战斗经验丰富，会照顾人，配合度也很高，老实说我并不讨厌像他这样的人。

特莉丝则擅长魔法，对于缺少掩护的我们来说也很有用。

而且在冒险者群体之中，他们的强大程度也算得上罕见。

只不过，他们其实是我们在第二次浪潮中遇到的敌人——葛拉丝的伙伴。

前几天，我们在卡尔米拉岛的一处水中神殿里发现了龙刻的沙漏，并在沙漏预告的时间迎来了一场浪潮。就在我们终于打倒浪潮的BOSS次元鲸时，他们两人居然当场倒戈，表明了敌人的身份。

至于那场战斗的结果……他们撤退了，就姑且算是平手吧。

关于浪潮，仍然有很多未解之谜。

拉尔科和葛拉丝都逃进了浪潮那道裂缝之中，我们还没来得及追上去，裂缝就已经闭合了。

浪潮到底是什么东西啊？

刚来到这个世界的时候，我以为浪潮就是会带来大批魔物的一种现象，但是听葛拉丝和拉尔科的说法，又好像没有那么简单。

他们到这边来的目的，好像是为了杀死我们这些勇者。

"再怎么伤脑筋也没什么用。我们去市场逛逛，打发一下时间吧。"

"好啊。"

我们现在几乎就是被困在了卡尔米拉岛上。

不过这场暴风雨应该也不会持续太长时间了吧。

因为浪潮就发生在卡尔米拉岛近海处，我们打倒的BOSS也早就已经运回岛上了。

那是一种叫作次元鲸的魔物。

次元鲸体型实在太大，就算想要当材料使用，也得等岛上的人拆解好才行，所以还早得很。

“啊，尚文大人，这里有卖首饰的。”

“嗯？”

我转头去看拉芙塔莉雅指的店铺。一看清那些商品的标价，我就把之前的烦恼都置之脑后了。

“这是怎么回事？”

这价格也太高了吧！我瞪着经营这家店铺的商人，简直要为被蔑视的市场规则破口大骂了。

如果只是普通市场价格的翻倍也就算了，毕竟这里也算是旅游观光地，但是翻到四倍就太不正常了吧。

“喂。”

“来了来了。请问要点什么？”

“再怎么说，你这价格也太高了吧？”

我伸手指着货架上的项链。

仿青玉项链（魔力+）
品质：差→（隐蔽）→普通。

按照梅尔罗麦克国内的平均市价来看，这种品质的低档货只能甩卖。

而且店主还费尽心机地附加了隐蔽的效果，如果只是粗略一看，会觉得品质还不错。

然而标签上的价格却实在太高，就算是最高级品质也卖不到这个数字的四分之一。看不起人也得适可而止啊。

我顺便看了看其他商品，全都是同样的情况。

就算是诈骗，也不能用这么简单粗暴的方式吧。

“毕竟这里是远离大陆的群岛嘛。而且现在也没有船，就稍微贵了一些。”

“稍微？还特意加上了隐蔽效果不是吗？”

“……我们也是要做生意的嘛。考虑到运费什么的，成本也高啊。”

他的眼神给人非常不好的感觉。这个商人居然还想装糊涂。

他可能以为我只是抱怨两句吧，不耐烦地挥挥手让我走开。

我可以把女王找来处理，也可以亮出勇者的身份直接教训他，但我决定了，就是要站在商人立场行使合理的权力。

“我认识这样一个人。”

我拿出首饰商人给我的证明文件，打开给他看。

认识首饰商人的时候，我还在用神鸟圣人的身份活动，文件也是他本人给我的。

那个首饰商人好像在业内还挺有名的，所以这份文件大概会有效果吧。

摆摊的商人先是不屑地瞥了一眼文件，紧接着又瞪大了眼睛仔细看了看上面的内容，脸色越来越难看。

“下次见面我会跟他提起的，我已经记住你了。”

“请……请等一下！”

商人猛地从桌子后面冲到我身边，做小伏低不停拜托我手下留情。

“你干什么？我可是很忙的。”

“我仔细一看才发现是放错了标签！我会标上正确的价格

的，请稍等一下！”

“不不不，不用改也没关系。我只是跟那家伙说一下而已。”

“请……请等一下！我可以按照价格的七折出售给你。”

“这种价格的七折……”

“当然……当然是正确价格的七折！”

“唔……我不要。”

“请……请等一下！五折……四折怎么样？”

“那个首饰商人最近会去哪里来着？”

“三……三折！”

“我记得是去国家商人公会吧？”

“二……二折！”

“居然用隐蔽效果伪造成色，还以市场价的四倍出售——”

“好啦！一折就卖给你！”

嗯，这样就差不多了吧。

“我买了。”

所谓的生意，就是要这样。如果那个首饰商人知道这家伙的所作所为，他就算不被驱逐出这个行业，应该也会受到其他严厉的惩戒吧。

身为商人居然蔑视这个行业的规则，受到这种程度的制裁也是理所当然的吧。

“我也不是说一定要你薄利多销。你这样不但会对同行造成影响，而且对你自己也没有好处。”

那些以远远低于市场价格出售商品的人，其实也是犯了同样的错误。

哪怕是出于善意也一样，这种行为会造成通货紧缩。可不是价格便宜就万事大吉的。

遇到这种完全不考虑市场、高价出售商品的情况，就需要外来干预维护市场的平衡。

本来这里是观光胜地，又远离大陆，在某种程度上的涨价其实是合理的。

然而据我所见，岛上好像也没有其他老老实实贩卖首饰的店铺。不知道是被这家伙欺行霸市地赶走了，还是竞争不过他，都倒闭了呢？

既然没有其他店铺，不管他卖什么价格，大家还是只能在他这里买。

最终的结果，这个商人所属的行业公会口碑也将一落千丈。

“想赚钱，就应该想办法让对方心甘情愿地掏腰包。”

“什么意思？”

“你想想啊，现在不是活化期吗？”

“是啊……”

“先散播这样的谣言：‘佩戴这座群岛本地矿石镶嵌的首饰，升级会更容易’之类的……”

“啊？”

“还不明白吗？不是真有这回事，只是个说法。这里要的不是真正的效果，而是一种好彩头。然后会怎么样？来这里升级的家伙为了讨个开门红，肯定会高高兴兴来买你的东西啊。”

这和神社里的护身符是同样的道理。

即使没有什么实际的效果，大家多少也会觉得得到了保佑。

“原来如此！”

至少我就用这种方法赚到过钱。

听说哪里需要药材，哪里需要除草剂，哪里需要食品材料，就进货拿去卖。即使要价比较高，大多数顾客也会满面笑容地拿出钱来购买。

比起价格高低，顾客是否满意才是最重要的。

听了我的提议，商人握紧拳头，心领神会地站直了身体。

“剩下的……就不用我说了吧？只要明确告诉顾客是否有效因人而异，就可以高价出售了。这样一来，对方也会高兴地付钱。然后买了的家伙中，肯定有一部分会觉得有效，口碑传开之后，你的顾客就会越来越多。”

虽然能顺利发展到最后一步的可能性不太大，但至少第一阶段是能成功的吧。

因为群岛还处在活化期，经验值本来就会增加。只要比平时升级的速度快，就算现在有活化带来的加成，也不能明确否定首饰的作用，至少对心情的影响肯定是正面的。

接下来的发展，就取决于来买首饰的冒险者整体的数量和强大程度了，我还是很看好这门生意的前景的。

“我马上就着手安排！”

商人把项链递给我，直接关门去忙了。

“呼。”

干得不错。最后这条项链等于是白送给我了。

“尚文大人……”

拉芙塔莉雅无言地按着自己的额头，叹了口气。

可能换一个角度来看，这就是用提升运道的名头骗钱吧。

“这也是必然的吧？不要小看做生意啊。”

“虽然我也明白……总觉得会弄出非常可疑的商品来。”

“可能吧，不过所谓的好兆头什么的，就是这么回事吧。”

就在这个时候，女王来找我们了。

“岩谷阁下，原来你在这里啊。”

“怎么了？”

“和其他勇者阁下开会的场地已经准备好了。”

“这样啊。”

看来我在这里多管闲事也花费了不少时间。

我们跟着女王，前往这几天住的像城堡一样的驻地。

回到驻地，我们继续跟在女王身后走上台阶。

“勇者阁下的伙伴们都在其他房间里等候……拉芙塔莉雅小姐你呢？”

“这个……”

前不久，我在梅尔罗麦克王城的城堡里和其他勇者交流时，拉芙塔莉雅曾和其他勇者的伙伴们发生了争执。

说是这么说，其实就是其中几个人自我意识特别强烈，目中无人罢了。

即使一国之君明确说过不要这样，本性就自视甚高的人也不会突然改变态度。仅仅是跟随盾之勇者这一点，就足以引人白眼了，更何况拉芙塔莉雅还是个亚人，根本就是歧视者的眼中钉了吧。

“现在这个时候，大多数勇者阁下的伙伴们都是自由活动的。即使如此还是要一起过去吗？”

女王这是在暗示我，拉芙塔莉雅干脆也去自由活动，不要引起无谓的争端比较好吧。

拉芙塔莉雅也听懂了，她点了点头。

“明白了。那我也随便走走吧。”

“有事就叫我。我这边结束之前，你想去哪里都行。”

“好。”

我和拉芙塔莉雅分开后，跟着女王前往会议室，其他勇者应该已经在那里等我了。

第一话 七星勇者

我们沿着和皇室城堡一样的螺旋楼梯向上走，来到了一个视野很不错的塔楼上。

除了我之外的勇者们都已经在房间里了。

“终于来了。”

首先是剑之勇者天木炼。

他是一个喜欢穿黑衣服的少年，做剑士打扮，十六岁。

炼留着一头短发，五官……或者说全身都给人一种知性又冷酷的感觉。

不过我认为他只是装模作样，自认为冷酷而已。

比如最近我们才发现，他其实根本不会游泳，是个旱鸭子。

他应该是来自另一个异世界的日本，与我故乡的那个日本完全不同。

炼生活的世界里，已经有让人进入全息网络世界的设备。他那个世界大概类似于未来的日本吧。

他还算有点常识，多少能听进别人的话。至少在这几个勇者之中算是这样吧。

“你溜达到哪里去了？”

接着是弓之勇者川澄树。

他长着一头天然卷的头发，给人的感觉就是个柔弱少年。

就像是在彰显年轻魅力的感觉吧。

实际上，他却是一个非常有正义感的热血男儿……大概可以这么说吧。

他喜欢隐藏自己的真正身份，暗地里找出坏人惩罚他们，利用勇者的权限玩社会改革的游戏。

简单来说，树就像那种古装剧里微服私访的高官吧。

虽然我认为这只是他自身傲慢的一种体现，但他确实也帮助了不少人。

问题反而在于他的伙伴，简直像加入了什么邪教一样对树盲目崇拜，还眼高于顶地挑起各种争端。

而且树本人也不会去阻止，真的是糟透了。

在四个勇者之中，他的外貌看起来是最小的，但实际上已经十七岁了，比炼还大一岁。

“是不是去搭讪啦？毕竟你是表现最活跃的。”

“哼……轮不到你来说。”

“元康先生，请你不要说这种话。”

“没错，轮不到你来说。”

最后这个人就是枪之勇者北村元康了。

他是我们几个勇者里最帅的，他的发型……应该叫作马尾吗？

就连同样身为男性的我也觉得他脸长得确实不错。他的五官端正，在硬朗和柔和这两个分类中，算是偏柔和的长相。

像他这种长相，日常接触的人根本不可能会对他抱有敌意。

他的性格则比较冒进。只要是他相信的事，就会贯彻到底。

这算是信任伙伴的勇者吧，但是从我的角度来看，他只是一个不懂怀疑别人的蠢货。

另外，他还是个满脑子都是女性的家伙，总觉得他只要有空就会到处去勾搭。

他第一次见到拉芙塔莉雅和菲洛时，都是马上就开口搭讪的。

而且我也听说，他在卡尔米拉岛上到处搭讪，所以应该不会是误会。

诬陷过我的贱人就是他的伙伴，他直至今天都还相信我曾经想侵犯那个贱人。不过现在女王会时不时让他看到贱人的本性，要说他的观点有没有渐渐转变……应该多多少少还是有一些的吧。

另外，这三个人还有一个共同点，就是他们都曾经在原本所在的那个日本玩过和这个世界的设定非常相似的游戏。

炼玩的是大型VR多人在线游戏Blaze Star Online。

树是家用主机游戏Dimension Wave。

元康则是大型多人在线游戏Emerald Online。

而我却只看过一本叫作《四圣武器书》的小说。至于这样的差异会带来什么样的影响，我们现在还毫无头绪。

“我在海边看海来着。”

我一边说一边坐下。

“啊……现在海上还很乱，不能离开岛上呢。”

“看来只能去升级，或者去搜集一下掉落物品打发打发时间了。”

“是啊。”

暂时谁都离不开这座岛屿，这应该已经是共识了。

“对了，我们这次是要开什么会啊？”

“你们不知道吗？”

把我们几个聚集在一起的原因是很明确的。

虽然这么说不太好听，但这些勇者实在是太弱了。

就比如拉尔科宣战的时候吧，为了不被闲杂人等打扰，拉尔科当时先用了一个技能来牵制，结果这三名勇者和他们的伙伴就完全中招陷入麻痹状态，一动都不能动了。

我记得那是一个加入了雷电效果的合成技能。

被击中的人身体会麻痹，短时间内无法活动。

而且拉尔科根本没有用全力，就像动画和漫画里经常会有的那种情况，为了不伤人命，他攻击时是有手下留情的。

只受到这点攻击，居然就无法继续战斗，可见双方根本就不是一个水平。

这一招之后，是我带领自己的伙伴与拉尔科他们大战了一场。老实说，这场战斗还是打得非常吃力的。

拉尔科和特莉丝都很强，即使是强化后的我，每次承受他们的攻击时都以为自己会死。

因为盾牌的防御力上升了，我利用盾牌技能回避或者打断拉尔科的攻击，在拉芙塔莉雅和菲洛的协助下才把拉尔科他们逼退。

但是拉尔科他们手上的王牌也不止一张。

首先，在我以为拉尔科已经被逼退的时候，拉尔科的那把镰刀光芒一闪，轻轻碰到了我的肩膀。

我的防御力很高，以为自己能受得住拉尔科的攻击

结果我却受伤了。

虽然万幸的是伤势并不严重，但却被拉尔科找到了对我非常有效的攻击手段……他看出了我的弱点。

那是专门针对高防御力对手的招式，叫作防御比例攻击。

防御力越高，承受的伤害就越大，这在游戏中也属于比较稀有的攻击手段。

这里是一个类似于游戏的世界，所以我其实也知道这种技能有可能存在，却没想到居然就在这里被我遇到了。

防御力高就是我唯一的优势，但是这种类型的攻击却可以对我造成巨大的伤害。

如果为了提防这类攻击而换成防御力比较低的盾，又无法防御拉尔科他们的其他攻击。

这种攻击方式几乎可以说是专门针对盾之勇者的弱点了。

万幸的是，我当时利用气波盾和流星盾等技能灵活防御，尽可能让对方的攻击在触及我本人之前就失效。但是，手上有没有最后的王牌，在战场上往往是生死攸关的。

如果是一对一，我也许能保全自己的性命，然而这种情况下我就没有取胜的手段。

如果带着伙伴一起战斗，拉尔科那边也有特莉丝帮忙。而且在战斗一段时间之后，上次浪潮中已经见过一面的葛拉丝也出现了。

葛拉丝也有针对我的攻击方法，也就是破防攻击。

破防攻击可以无视防御力对我造成伤害，在这招面前，感觉连盾之勇者的存在意义都被否定了。

不过我们还是表现得不错，一度把葛拉丝、拉尔科和特莉丝逼入了绝境。

结果，就在我们认为对方已经走投无路的时候，拉尔科居然把恢复SP的魂愈水直接泼到了虚弱无力的葛拉丝身上。

之后发生的事情，我根本就不愿意回想。

原本除了防御比例攻击和破防攻击之外，他们的攻击我都能防守得住，但是被大量魂愈水泼洒之后，葛拉丝的攻击力居然已经超越了我的防御力。

当时葛拉丝的攻击强度和速度都达到了令人震惊的程度。

就连强化后的拉芙塔莉雅和菲洛都跟不上她的速度。

那之后……虽然我也不是很清楚前因后果，总之因为葛拉丝她们突然撤退，战斗就此结束了。

也许说平手比较有面子吧，但事实是我们根本打不倒对手，是他们自己选择了离开。

说不定下次再遇到他们时，我们就会输了。

问题就在这里。如果……只是如果，那几个连手下留情的拉尔科都打不赢的勇者跑去和葛拉丝一战的话，结果又会如何呢？

根本不难想象，肯定是瞬间就被消灭吧。

据我所知，如果四圣勇者有减员，浪潮就会变得更难对付，所以要尽可能避免这种情况发生。

如果其他勇者够强大的话，根本就没必要让我一个人去跟葛拉丝单挑。

我看着女王，女王点了点头。

“那么，现在就开始四圣勇者之间交换信息的第二次会议。负责主持会议的还是我，米蕾莉亚·Q.梅尔罗麦克。”

听女王这么说，其他三个人都放松地坐回自己的位置。

“是交换信息啊。”

“我觉得上次已经说得很清楚了。”

“是啊……除了尚文先生。”

又来了……我忍不住叹了口气。

“还要我说几遍你们才能明白啊？你们每个人说的强化方式都是对的。就是因为实际用过你们说的那些强化方式，我才能在这次卡尔米拉岛的浪潮里和敌人战斗。”

没错，在来到卡尔米拉岛之前，我们已经进行过一次交换信息的会议。当时讨论的议题就是勇者要如何变得强大。

每个人的武器都有各自的强化方式，而通过这些强化，勇者才能远远超越普通的战士。

然而，这三个人各自的强化方法却大相径庭。

他们互相争论，都认为只有自己的方法才是对的，指责别人在撒谎，上次的会议就是因为互相谩骂而不得不中断的。

而我已经用自己的盾证实过了，他们三个人所说的强化方法都是可行的。

我通过梅尔罗麦克负责传递消息的影督促过他们，也当面直接说明过，这几个家伙却完全不信，也不去做，以至于在上次的浪潮中根本一无是处。

而且这些强化方法，如果不是发自内心相信，好像又不会有效。

如果抱着半信半疑的心态去尝试，是不会得到任何反馈的。

传说武器可以把感情变成力量。如果你不相信其他勇者的说法，那些有强化效果的图标根本不会显示出来。

“又在说谎了，根本是你自己偷偷拿到了开挂的能力吧？还是快点坦白吧。”

“就是啊，作弊者！这种行为是不被允许的！”

“你根本就没说自己是怎么强化的吧，卑鄙小人！污蔑女流氓就这么开心吗？”

真是的……我现在已经超越了愤怒，完全是目瞪口呆了。

“你们完全不相信我的话，而且还认为我开挂，用不正当的方式表现自己是吗？”

三个人一起点头。

“不止如此，你的伙伴们也变得更强大了！难道那也是盾的力量吗？难以置信！”

“这我之前也说过吧。传说武器上的成长修正对拉芙塔莉雅和菲洛都有影响啊。提升等级上限的时候因为菲洛的呆毛起了作用，所以也有了特殊的选项。”

“是的，这一点身为女王的我也可以作证。岩谷阁下的伙伴拉芙塔莉雅小姐和菲洛小姐就在我眼前做了特殊的提升等级上限选择，她们的能力也是在那个时候有了飞跃性的提升。”

虽然女王给我作证，其他三人还是用怀疑的眼神看着我。

为什么我要被审问啊？

“我说……你们几个有没有设身处地站在我的立场考虑过？”

“啊？”

“为什么我们必须得站在尚文先生的立场考虑问题啊？”

“就是啊。我们有必要知道的，就只有开挂的方法而已。”

虽然对话根本进行不下去，但是这几个家伙如果不能变强，我也很为难。

我并不是自视过高。通过上次的战斗，我已经深刻理解到盾之勇者会遇到什么样的问题了。

“你们考虑一个问题就行。作为无法攻击、除了防御什么也做不到的勇者，我抢其他人的风头到底有什么好处？”

“这个嘛……”

三个人都露出不知如何回答的表情。都在拼命找理由吧。

“你不是有攻击手段的吗？”

树站起来指着我。

这家伙是正义感被激发了吗？这种标榜正义的家伙，一旦喋喋不休起来也是很烦的。

“难不成你说的是铁处女和血色献祭吗？”

“就是啊！就是因为你有这些强大的攻击手段，抢风头才更有意义啊！”

我本身的攻击手段是很少的。

其中有一种是反击效果，也就是在被敌人攻击之后可以反击的盾牌。

就像插了钉子的盾牌一样，用拳头去攻击的话，肯定不是刺痛一下就没事的吧？

这种攻击，最多也就是作为防守方的反击而已。

另外一种，铁处女和血色献祭……这是只有在盾牌变换成诅咒之盾形态，也就是暴怒之盾时才能够使用的技能。

只不过，这两个技能全都各有各的问题。

我叹着气回答树的问题：

“铁处女这个技能，需要先用盾狱困住敌人，再使用形态变换（攻击）的技能攻击敌人，最后消耗掉全部SP才能完成。这个技能的问题在哪里，曾经亲手打破过一次的你们应该是最清楚的吧？”

“哪有什么问题！”

看起来他是热血上头，已经放弃了思考。

反而是炼，曲起食指抵在自己的嘴边开始思索。至于元康，就只是恶狠狠地瞪着我而已。

最后还是炼低声说出了答案。

“前置步骤太麻烦了。”

“没错。只要盾狱被打破，就无法使用形态变换了。就算能用快速释放技能掩盖这个问题，前置也仍然很麻烦。”

要使用铁处女的前置步骤太多了，所以很容易就会被打断。

“而且你们就曾经亲自打断过铁处女啊。”

就算最后好不容易召唤出了铁处女，但敌人只要打破就能逃走。铁处女自身被打破，一切更是毫无意义。

铁处女本身很难移动，容易被攻击破坏。

“那血色献祭又怎么说呢？”

“这么快就忘记了吗？那个技能只要用一次，我自己也会受到致命的损伤，还会受到诅咒的影响，状态数值降低到正常值的三成。”

在卡尔米拉岛上对抗浪潮的时候，我的状态已经差不多恢复了，但是要我每次战斗都把自己搞到濒死，我也受不了啊。

“除了这种需要付出代价的麻烦技能之外，我根本就没有攻击手段。就连暴怒之盾也不是那种安全方便的盾牌，不能随心所欲想用就用啊。”

那是诅咒之盾，会侵蚀我的精神。

“其他的……对了，不是还有能喷洒黑色火焰的攻击吗？”

“那个只有在反击状态下才有吧？而且也是暴怒之盾的技能，不能经常使用。”

如果每次战斗都用这个盾牌形态，我早晚会被愤怒吞噬的。

说到底，我的攻击都是基于被诅咒的盾牌形态，根本没有正常的攻击手段。

如果他们说的开挂是指这层意思的话，我倒也可以接受。

可惜他们的想法和这个可差了十万八千里呢。

这就类似于一个三流游戏玩家，买来游戏不看说明书也不看教程，碰巧自己知道一些其他游戏里变强的方法，在这个游戏里居然也有用，就干脆靠着那点狭隘的认识玩了下去。

但是因为不了解正确的强化方法，所以打到一半就遇到了瓶颈。

“而且暴怒之盾上还有特殊的强化体系，用你们的强化方法没有效果，技能也无法激活。”

包括铁处女和血色献祭都是这样，以至于我都开始怀疑，暴怒之盾体系上的能力是不是根本无法激活了。

“明白了吗？除了最基本的攻击手段之外，我就没有别的了。”

“骗子！”

元康指着我怒骂。既然说不通，我干脆对着他的脸直接打了一拳。

然后我缓缓收回手，重新坐下。

元康那家伙一脸难以置信的表情，甚至还伸手摸了摸自己的脸。

因为就算这样也完全不痛不痒啊，这就是我的弱点。

“明白了吗？你们几个，总以为我得到了什么强大的力量，可是不管我的防御力有多高，攻击力也不会提升啊。”

我的正常攻击基本不会造成伤害。

“不过如果你们愿意主动攻击我的话，倒是有可能造成反伤。要不要试试？”

三个人终于都闭上了嘴。

不过他们好像还是不服气，看我的神情也很不忿。

“我就算抢了你们的风头，也没有任何好处。上次的战斗……你们自己想想，如果你们之中哪怕只有一个人能和我差不多强的话，结果会如何？”

之前也说过了，拉尔科和特莉丝使用了那个类似合成技能的招式之后，这几个家伙和身边的冒险者以及骑士团的人就一起被打倒，要么失去意识，要么浑身麻痹，漂浮在了海浪中。

“如果按照你们的说法……这是必输的过场战斗的话，结果会是现在这样吗？”

“唔……”

炼郁闷地哼了一声。

树和元康的反应也和他一样，还紧紧地握住了自己的拳头。

“你们也应该明白了。那个拉尔科……拉尔科贝尔克和特莉丝，还有葛拉丝，他们是来杀勇者的。但是他们愿意承认的勇者只有我一个，想杀的也只有我。如果他们知道你们也是勇者，下次肯定也要杀你们的。”

然后会发生什么？这个答案我已经知道了。

菲洛鸟的女王——菲托莉亚告诉了我。

“四圣勇者只要缺少了一个，浪潮就会变得更加严峻。”

每多一个勇者战死，我的负担就会增加。

这才是不管如何选择都无法回避的问题。

“在这种情况之下，我抢你们的风头到底有什么好处？”

“你自己也是勇者，肯定是要彰显自己的英雄气概啊！”

“你小子……”

树一开口就说出了让我难以置信的话。

“你这种只会自我满足的人，我是不会相信的！”

“别随便给别人下定义！”

这一点对我自己来说也是一样的，擅自做出判断无异于自寻死路。

所以我……还是愿意尽可能地去相信对方。

不然的话，今后可是无法生存下去的。

当然了，我也不会忘记要谨慎小心。我会选择相信，只是因为如果完全不信任别人，是无法继续前进的。

“‘你根本就不是主角’。我被贱人陷害的时候，元康，你是这么说的吧？”

我转头问元康，他不是赞同树的意见吗？

“现在这种状态……你又觉得哪一边是主角呢？炼，你也想想吧。在大家齐心协力商讨如何对抗浪潮的时候，不断嚷嚷着骗子、开挂，拼命要打压别人的家伙……难道像主角吗？”

听我这么说，炼和树和元康都尴尬地看向了其他地方。

虽然我也不记得自己说过想成为主角，但是现在要解决的是更现实的问题。

“至于所谓开挂的方法，我现在能告诉你们的，也就只有我把你们说过的强化方法全都做了一遍而已。除此之外再无其他。”

“……”

即使如此，那三个人还是欲言又止地沉默着。

“站在我的角度上，当然是希望越快提高战斗力越好。拉芙塔莉雅和菲洛当然很强，但是再强也只有两个人。说到战斗力，最理想的当然就是你们三个勇者了吧？”

真是的，现在这个局面，我也一样不愉快啊。

“哼。你是想看我们为了变强而努力，再借机嘲笑我们吧？”

“是啊。你就是那种内心嘲笑我们努力也没用的反派吧。”

“……唉。”

真是让人叹为观止。

“炼，你刚才说我的行为是不被允许的吧？那么……是不被谁允许呢？”

“……”

就是出于居高临下的态度，才会说出这种话的吧。

不被允许……听起来就像要找游戏运营方举报捣乱的玩家一样。

“喂，你到底是说谁不会允许啊？”

炼这家伙开始回避着我的视线。

他是一时头脑发热随便说说的吗？

“还是说，你觉得自己就有这种权利呢？给我一个能接受的理由。我可以认为你还知道什么我不知道的事吧？”

“唔！”

看他的反应，应该真的只是一时口不择言。

果然会有这种人啊。

在游戏里面，有的魔物有普通玩家很难得到的武器。和这种魔物战斗，得到武器并变得强大之后，就会遇到这种人，吵吵嚷嚷说别人是作弊，要去运营方举报什么的。

我以前也管理过大公会，同盟里也有这类稀有道具，所以很清楚这种人。

“现在还是着眼于现实吧。我告诉你们的都是事实。虽然听起来很迂腐，但是信任是可以转换为力量的。”

“教训我们就这么让你开心吗？”

“……唉。”

我用冷淡的眼神看着三个人。

“你们就是弱到需要被我教训啊。无名小卒们，是时候结束你们的游戏了。”

我猜测他们一定会被激怒，所以故意这样对三个人说。

“你！”

“没什么可说的了！”

“卑鄙小人！”

三个人都生气地站起来，用手指着我高声怒喝。

就在这个时候，嘭的一声巨响，女王把一大块冰砸在了桌子的正中央！

“请各位冷静！现在是争论的时候吗？”

“哼。你和作弊的人是一伙的，你说什么都没有意义。”

听到炼不悦地说出这句话，连女王也吃了一惊。

“为了勇者阁下们能变强，我国会不遗余力地给出最大的协助，还请各位先冷静下来。”

真是的……到底要任性到什么地步啊？

我真是同情女王。

“先把勇者如何变强的论题延后吧。现在来讨论这次的敌人。”

“你们玩过的游戏里，说不定有过类似的出场人物呢。”

我读过的那本《四圣武器书》里，完全没有提到浪潮到底是什么。

也就等于没有任何相关的信息。

但是，其他的三个人可能有所不同。

“你们几个，有没有对得上号的游戏人物啊？”

“……没有。”

“是啊。那个人是用镰刀的，应该没有那样的角色。”

“对，那种武器太小众了。”

拉尔科的武器是镰刀。至少可以确定，这是一种非常特殊的武器了。

“反而尚文先生，你和那个人是认识的吧……你们到底是什么关系？”

“来卡尔米拉岛的时候，因为你们霸占了船上的房间，我们不得不去和别人住在一起，他们就是当时那个房间的人。也是因为这样，我们在岛上也一起去打过一次魔物。”

“只是一面之缘吗？”

“没错。”

“一起战斗的时候，有没有比较奇怪的地方？”

“这个嘛……就是拉尔科贝尔克……拉尔科的镰刀，像勇者的武器一样，可以吸收魔物吧？”

“那你都不觉得奇怪吗？”

就算是这样，我对这个世界的了解又没有那么详细。

就连他们几个，号称是完全了解这个世界，不也有很多不知道的事情吗？

虽然有这个疑问，但是为了不再引起争端，我便暂时没有提出。

“我对这个世界又不了解。我确实觉得他的武器很少见，但他很理所当然地说‘其实这种武器很多’啊。”

“是吗？”

树转头寻问女王。树也对这方面不甚了解吗？

我也看着女王，女王摇了摇头。

“除了勇者的武器之外，没有这种武器的。”

“性质接近的武器也没有吗？”

“是的。我从没听说过其他武器能吸收魔物，或者提取掉落物品。”

唔，难道说，这种属性对拉尔科他们来说很常见，只是我们这边的世界没有吗？

“真是奇怪的武器啊。”

“没错，明明应该只有四圣勇者的，除此之外的武器……”

“原来各位勇者阁下都不知道吗？其实还有另外七种传说武器。”

“啊？”

“看各位的反应，应该也不知道除了四圣勇者之外还有其他勇者吧？”

为什么闻所未闻的事情层出不穷啊？好烦啊！

什么知不知道的，根本就没听说过这回事啊！

“那我来说明一下吧。”

女王的眼睛开始发光。我想起之前提到菲洛鸟女王时她的反应，再加上梅尔媞也说过，女王曾经在世界各地探索传说之类的。女王果然是很喜欢这种传说故事啊！

“虽然最有名的是四圣勇者的传说，但是七星勇者的传说也是很有名的。”

“七星勇者？”

“是的，就像四圣勇者一样，是被七种武器选中的勇者的传说故事。”

还有七个啊……

如果把这些都想象成其他系统的武器，游戏感就更重了。

如果是角色扮演游戏，之后就会有使用这类武器的伙伴加入队伍，或者会有必须持有该种武器的场合。

不过，在这个异世界里，只要是传说武器的拥有者，就让我不禁心生戒备。

因为我就没见过这些人里有一个好人。

“因为垃圾和三勇教的缘故，给我国带来了很多麻烦，所以我们干脆放弃了与七星勇者有关的所有权利，这也是其他国家不与我们过多纠缠的原因之一吧。”

“哦……”

“七星勇者与四圣勇者之间有很深的渊源，也被称为外传勇者——”

女王开始讲述与传说有关的内容。

“也就是说，还有七个像我们一样被召唤来的人吗？”

“居然有那么多异世界的人来到这里吗？”

“简直是勇者大礼包啊。”

“倒是比只凭四个人拯救这么大的一个世界合理一点。”

听我这么说，其他的勇者又心虚地转头看向别处了。

“不是的。”

“不是吗？”

“七星勇者更像是冒险者们最憧憬的七种职业。虽然也有异世界人响应召唤成为七星勇者，但是这个世界的人也可以成为七星勇者。”

不局限于召唤，这个世界的人也可以成为勇者……

按照这个世界的常识来看，这样会更合理一些吗？

反正也不会比那些被称为勇者的人更奇怪了吧。

“总之，还是会先用传说武器举行召唤仪式的，如果仪式失败了，在合适的使用者出现之前，武器就会处于开放状态，被放置在普通人能接触到的地方。”

“……就像插在地上的传说之剑一样吗？”

“剑是四圣勇者的武器，不过这样理解应该是没有问题的。”

原来如此。对自己的技艺有信心的家伙，应该都会去尝试一下吧。

如果自己真是被选中的人，就有机会变得更强，还能得到国家的援助，大家不可能不感兴趣的。

“他们留下的传说故事比四圣勇者还多呢。哪怕只是普通的战乱，七星勇者也是有可能出现的。”

“哦……”

“浪潮出现之后，七星勇者也大部分都选定了。”

“毕竟危机的等级不同啊。”

“是的。”

这种世界范围的问题，这个世界的高层人士当然会看得很重。

“然后呢？七星勇者里有用镰刀的吗？”

“很遗憾，是没有的。”

“是吗？”

“这样一来，那些人的身份就更难以推测了。”

唔……拉尔科所使用的那些技能，与勇者武器的专属技能非常相似，在这个世界里，就只有勇者才能使用。

然而对拉尔科他们来说，却好像是理所当然的……

“这么一说，拉尔科他们也说过‘为了我们的世界去死吧’。

拉尔科他们好像也是另一个世界的。”

“这又是怎么回事？”

“比较可能的就是……浪潮的另一边是他们的世界，然后出于某种原因，他们要入侵我们的世界吧？”

“这么想好像确实说得通了。”

“再仔细回想一下，葛拉丝的武器上好像也镶嵌着和我们的武器差不多的宝石……那也不是不可能的啊。”

“那是……扇子吧？这个武器在我们的世界里也是不存在的呢。”

“全部算上的话，都有些什么武器呢？”

“那我来列一下吧。”

女王站起身，详细地解释七星武器。

“首先是杖。”

杖啊……作为传说武器的话，应该是魔法系的吧。

或者是像魔法少女那样华丽的短棒？那我倒是对使用者有点好奇。

“岩谷阁下？”

“啊，没事，请继续说。”

“接着是锤、投掷器、护臂、爪、斧和鞭。”

“那个……”

“投掷器这个武器也太笼统了吧？”

树举手问道。

“是吗？”

“你知道那是什么样的武器吗？”

“嗯。根据传说，那种武器可以变换成飞刀、手里剑、苦无、圆月轮、飞斧等所有投掷类武器。”

这武器听上去倒是挺方便的。啊，好像必须是能扔出去的。

这和树用的弓有点类似。

擅长远距离攻击，但可能无法近距离战斗吧。我自己的盾还只能防御呢。

“护臂和爪有什么很大的区别吗？不是差不多的武器吗？”

“是啊，我也有这种疑惑。”

炼和元康则对这两样提出了疑问。

倒也不是要吹毛求疵，不过这两样东西确实没什么很大的差别，一般都是套在手上进行攻击的。

“这个……我就不清楚了。”

看来即使是女王，面对为什么会存在相似武器这种问题，也是给不出答案的。

不过……这个阵容也确实很难给人眼前一亮的感觉。

有四圣武器这种带有幻想色彩的“珠玉”在前，不太出挑也是理所当然的吧。

尤其是最后的武器。

“鞭啊……”

这可真奇怪啊。

那个像宝石一样的东西，要镶嵌在鞭的什么部位呢？手柄上吗？

虽然我只能用盾，可能不太有立场说这种话，但是鞭看起来真挺弱的。

不过在我所知道的著名游戏里，也有把鞭设定成最强武器之一的。

“根据传说，这种武器还可以变成锁链，也有说还能变成连枷的。”

“那和锤子的区别就不大了吧……”

反正都是钝器。

七星武器的分界还真是暧昧不清啊。然而我除了盾什么都不能用，其实还是有些羡慕的。

“就像枪和矛就属于差不多的武器，估计武器定位之间都有重合的部分吧。”

“……对啊，我也使用过能投掷的短剑。”

炼回答道。

短剑也算得上是剑的一种吧。原来七星武器和四圣武器也有重合啊。

而在所有这些武器中，最不合群的果然还是盾……

“能激发魔物的力量，也许是鞭子的独特之处。”

“就像尚文说过的魔物之盾吗？”

“会不会是特化系的啊？说不定比我的成长修正效果更厉害呢。”

我脑海中浮现出那种女王陛下挥舞鞭子、驱使魔物的场景。

就是那样的感觉吗？既然我眼前就有一个女王，那她驱使的对象……不就是垃圾吗？

这可真是非常没意义的联想。

“锤和斧也是非常相似的武器吧。”

虽然也不是毫无区别。

“是吗？”

啊，女王完全不觉得有什么问题呢。可能她早就听惯了这些说法，所以不会觉得不可思议吧。

总之，还是想想护臂和爪有什么区别吧。如果我的伙伴能够装备，又会怎样呢？

如此一来，我自然而然地想起了菲洛，然后马上就反应过来了——

对啊，护臂是限定在手上的，爪却可以装备在脚上。

当然，如果菲洛被选为勇者肯定也很麻烦，但至少这个不同之处我是认可的。

从这个角度去想，锤和斧虽然都是向下砸的武器，但是功能上也是有不同的吧。

“还没遇到过这些七星勇者呢。”

“他们和各位四圣勇者在不同的地方战斗，然而还有几件武器没有找到使用者。”

“是吗？”

“是的。”

“让他们去应付浪潮不行吗？”

这么做的话，菲洛鸟的女王会亲自跑来把我们都杀掉的！

“世界太广阔了，仅凭七星勇者的守护是远远不够的。”

是啊，为什么总想着坐享其成呢？

“那么，话题再绕回来，拉尔科和葛拉丝用的武器，在这个世界上是不存在的咯？”

“是的。”

这样一来，很简单就能得出答案，葛拉丝他们那个世界里也有传说武器。

然而，还是有一个大问题。

“那么，拉尔科他们却认为这种情况是理所当然的，这才是问题所在吧？”

“也就是说……”

“如果他们的武器与传说武器非常相似，并且在他们的世界里，武器有这些属性是理所当然的，大家也都在用……会怎样呢？”

另外三名勇者和女王都倒吸一口气。

没错，最恐怖的是，那些人都随随便便拿着勇者级别的武器，大批量地侵入这个世界。

即使我已经变强了，也只能勉强对付他们，如果葛拉丝那种水平的敌人还有很多，我们根本不可能获胜。

“原来如此……这样一来我们必须尽快开始讨论对策。”

“是的。”

“那么，虽然有些临时抱佛脚了，但各位勇者阁下还是应该参加战斗训练积累经验比较好吧。”

嗯？三名勇者脸上都露出了不情愿的表情。

这些家伙，只想着愉快地变强，然后获得众人的称赞吧？

讨厌训练是吗？

“现在就要为了下次浪潮做准备，尽可能把我们能做到的事情都做好。岩谷阁下，和其他勇者阁下的磨合就要拜托你了。”

“……”

我没有自信能做得到，不过在下次浪潮来临之前，配合他们演练应该还是可以的吧。

……虽然可能性很低，但还是尽力配合一下吧。

毕竟他们死了我也很为难，所以还是希望他们尽可能地强大起来。

“我们也会从骑士团和冒险者中聘请厉害的人。”

“是啊。和葛拉丝的那场战斗中，也是因为有了女王的掩护，我方才能占据有利形势。”

在我和葛拉丝僵持的时候，是女王把露可露爆炸桶这种基本就等于酒精炸弹的东西扔过来，才让我有机会压制对方的。

“是川澄阁下的伙伴中那位莉西亚小姐，都是托她的福，我才想到这个方法。如果没有她，还不知道现在会怎么样呢，她才是大功臣。”

“……是这样啊。”

树不知道在想什么，默默地点了点头。

“是莉西亚小姐吗……原来如此。”

“请川澄阁下一定要奖励莉西亚小姐。都是因为她，我们才有办法跨越这次的浪潮。”

“好的……就这么办吧。”

树的伙伴是有排名的，而其中处于最底层的就是莉西亚。

她也表现得不错啊。这样一来，她终于可以脱离那个奴隶一样的生存环境，向前踏出一步了吧。

“那么，在返回梅尔罗麦克之前，就请各位勇者阁下自由行动吧。非常感谢。”

虽然还有很多问题，但总算是暂时达成了一个共识。

如果勇者们的技术和精神没有成长，就无法更进一步。

这与经验值和等级的关系都不大。其实在卡尔米拉岛上，大家的等级就已经提升了不少。

“啊，我还有些话要和岩谷阁下说，请稍等一下。”

“嗯？好的。”

在另外三人离开之时，女王叫住了我，我就留下了。

有什么话是不能让其他勇者听的呢？

“什么事？”

“这件事不能对其他几位勇者阁下说，我曾经想过，要让除岩谷阁下之外的勇者阁下去对抗邻国的浪潮。”

“他们那么弱，这么做很危险吧？”

“如您所言。正因为如此，我也在考虑向刚才提到过的七星勇者发出邀请，请他们来帮忙。”

“这要取决于这些七星勇者有多强吧。”

如果他们也和那几个勇者差不多，就没什么好说的。

“可是，如果每次都需要岩谷阁下独当一面的话，可就没有休整的时间了。”

“唔……嗯。”

这可真是有点难办。之前使用过血色献祭后，我就遭受了诅咒反噬，全部数据都降到非常低的水平，现在还没有完全恢复呢。看来虽然不太放心，但也只能交给他们处理了。

“如果他们的实力真的比七星勇者还弱，四圣勇者的威严可要扫地了。最糟糕的情况……到时候被人污蔑，说梅尔罗麦克派出的四圣勇者是假冒的，我们可承担不起。”

“这个……倒也是。”

“至于七星勇者那边，我们曾经去见过。从上次战斗的情况来看，至少可以肯定，都是比那三位强大的。”

“确定吗？”

“是的。”

老实说，梅尔罗麦克会怎么样我一点也不关心，只是一旦有勇者战死，最终还是会给我增加负担。考虑到这个问题，就不能放任他们不管。

虽然我也参加可能会好一些，但是过于面面俱到反而显得有问题。

当然，我对浪潮那道裂缝的另一边有什么也是很好奇的。

“最近一次浪潮是什么时候？”

“据观测是一周之后，这是地图。”

女王拿来一张地图，上面标明了龙刻的沙漏的位置。

唔……用我原本的世界作为参照的话，这个异世界地图给人一种很平坦的感觉。

地图的边缘画着一些图案，模糊了边界。

“具体还要看暴风雨什么时候平息，不过乘船前往的话，其实也没有那么远。”

“再加上还可以传送，好像没什么问题的样子。”

“只不过，各位还要同时在梅尔罗麦克进行训练……而且各地都在爆发浪潮，人手还是太分散了。”

那应该怎么办呢？

如果能把那三名勇者分别派往不同的地方，人员安排就简单了，但是事已至此……

“此外关于浪潮还有些乐观的信息，即使没有及时应对，浪潮的裂缝在一段时间后也会自行关闭，这一点已经确认了。”

“哦？”

“是的。虽然魔物还是会大量出现，事后还是得处理……不过短时间内不去理会还是可行的。”

这又是怎么回事呢？

“必须得做的工作又增加了啊。总之我能想到的办法就是晚上……睡觉的时候配合传送，先让菲洛拉车趁晚上的时间向浪潮发生的国家跑，早上醒来之后就传回梅尔罗麦克训练……”

这日程安排也太可怕了。

全是因为那几个勇者不相信我说的话，一想到这个我就气不打一处来。

“果然只有这一个办法了啊。”

看来女王也是这么想的。

这也是必然的。虽然日程很紧凑，但是为了生存，我们不得不与全世界的浪潮对抗。

真是的，菲托莉亚怎么会把这么麻烦的工作交给我啊？

“那么在暴风雨平息之前，岩谷阁下也好好休息吧。”

“啊，有事我会再报告的。再见了。”

我结束了和女王的谈话，离开了会议室。

第二话 倒霉的少女

我在返回房间的路上，经过一个拐角的时候——

“哎呀呀……唔啊啊……”

遇到一个身穿松鼠玩偶服，头戴圣诞老人帽，怀里还抱着一大堆购物袋的家伙。

这个人是……我记得她是树的伙伴里叫莉西亚的家伙吧。

“你没事吧？”

我不假思索地开口问道。她正在努力地摇摇晃晃地走着，好像随时都要摔倒的样子。

“唔啊啊？”

我拿过眼看就要掉落的袋子，帮她找回了平衡。

“你……你是盾之勇者阁下！”

“你又去给他们跑腿了？”

“不……不是的，我是帮大家去买东西而已。呼……呼……”

看起来，她好像相当疲劳。毕竟她拿的东西真的非常多。

我记得她是个女孩子啊，居然还穿着这种玩偶服……他们是在玩什么惩罚游戏吗？

“我帮你拿一点吧？不然好像又要掉了。”

之前勇者互相介绍伙伴的时候，我们也曾经打过招呼。

我也算是认识她的，而且在与拉尔科的战斗中，她也是为女王出过力的有功之人。

都是因为她，我们才能占据上风，所以我还是愿意对她伸出援手的。

“唔啊啊……可……可是……”

“你可以说是因为遇到我才耽误了时间的。”

“我不会那么说的……”

“那就给我吧。”

“明……明白了。”

其实我完全可以直接帮她把东西送回去，只不过如果看见是我帮忙，树会是什么反应也可想而知。他为什么不委托城堡的士兵做这些工作呢？为什么一定要这个女孩去做？

我帮莉西亚拿着东西，还要小心不能被人看到。

“唔……”

这种几乎就是霸凌的环境，真亏她能受得了。

他们根本就是随意指使她跑腿吧。自我介绍的时候，她也是随随便便就被别人打断了。

他们之间的关系，就类似于一个以树为顶点的组织吧。这个孩子就这样被排挤了。

我也被无数厌恶的眼神嫌弃过，所以可以理解那种感觉。而且，我对她也有点好奇。

“对了，在到树的房间之前，你可以回答我几个问题吗？”

“啊？如果我能回答出来的话……”

“那我就直说了，你为什么要加入那样的团队呢？”

应该很不舒服吧，那种……为了自己的“正义”可以不择手段的家伙，和他们在一起肯定厌烦到难以忍受吧。

虽然我不会说服她加入我这边，但至少去炼那边会更好些。

“这也是没办法的……因为我才刚加入嘛。”

“不是，我的意思是，为什么他们那么对待你，你还不离开呢？”

“那个……是因为树阁下帮助过我。”

“是吗？”

“是的。”

“如果可以的话，能跟我说说是怎么回事吗？”

“唔啊？你就算套我的话，也没什么用啦。”

“你以为我是什么人啊？好啦，告诉我吧。”

“知……知道了。”

莉西亚讲了她是如何加入树的团队的。

简单来说，莉西亚应该属于那种没落贵族家的女孩吧。

家里没有钱，过着精打细算的生活。

与莉西亚家相邻的领地里，有个贪污的贵族，他一直在骚扰莉西亚双亲的领地。

家里的钱很快就用尽了，村民们也不敢对隔壁贵族有什么怨言，每天都得委曲求全。

然后……那个贵族不再骚扰他们，还提出可以提供资金援助，只是要把莉西亚带走做人质。就这样，邪恶的贵族把莉西亚带走了。

一听就知道树肯定会感兴趣。

之后就像大经地义一般，树带队赶来，行使勇者的权利惩罚了邪恶的贵族，帮助了莉西亚。

莉西亚深感对方的恩情，在父母的目送下加入了树的队伍，踏上了冒险的旅程。

这是一个典型的恋爱故事。

而且这家伙说话的语调，我总觉得好像在哪里听过。

到底是在哪里呢……啊，我想起来了 。

“那个邪恶的贵族，是不是还在自己的城里征收重税？”

“是的。树阁下惩治的那个隔壁领地的邪恶贵族确实做了那样的事。”

嗯，不会错了，就是我碰巧看到树的行动模式的地方。

这么说的话，莉西亚也是那个时候加入树的队伍的吧。

但是在酒馆看到树一行的时候，我可不记得成员中有莉西亚这个人。

那之后，我倒是见过一个女的在感谢树的所作所为，看来那个感谢树的家伙就是她吧。

“你们是不是还在马路上谈话来着？声音还挺大的。”

“你居然知道？我现在还记得当时的情景呢。”

“还说要保密什么的。”

“这你也知道？”

“那我来考考你的记忆力吧……你当时有没有看到樱粉色的菲洛鸟……也就是菲洛呢？”

“唔啊啊？”

莉西亚频频点头。

“唔啊啊啊啊！好像确实有呢，还拉着一辆马车！”

“你的记忆力也太好了吧，居然真的能想起来，好厉害啊。”

也可能是因为我一直在她耳边提示，混淆了她的记忆吧。

“那时候你也在吗？”

“这个嘛，我只是正好路过听到而已。总之，你先冷静下来。”

这孩子总是很容易紧张，然后就会东张西望地冷静不下来。

虽然她现在穿着玩偶服，我也看不到她的表情。

“好……好的。我……想要报答那份恩情。”

虽然从我的角度看，树做的这些慈善之举根本是毫无意义，但是从莉西亚的角度看，就算得上是勇者的丰功伟绩了吧。从莉西亚的话语中，我也听得出她对树抱有感激之情。

与树身边穿盔甲的人比起来，至少莉西亚的故事没有什么骄傲自满的内容，我可以毫不难受地听她讲完。

“是这样啊……也真是辛苦啊。”

“嗯。不过，我总是做得不太好。”

“从旁观者的角度来看，你好像比较适合做后援工作吧。”

“我从小就没什么才能，也没有特长，再加上总是笨手笨脚的……一定要说优点的话，也就是比较擅长魔法了。不过树阁下说他需要的是能够冲在前面的人，所以提升等级上限的时候我就选择提升了近战方面的属性。”

“这样啊……”

也就是削弱优点填补缺点。

毕竟树的武器是弓，他的队伍中绝不会嫌近战冲锋的人太多，可是也没有必要牺牲自己的特长去迎合这一点吧。如果是我的话，应该会选择让她发展自己的优势。

“算了，你加油吧。早日脱离没有特长的窘境，成为一个多面手吧。”

“是！”

看起来唯唯诺诺的，意志倒是很坚定，所以应该没问题吧。

我也一度陷入谷底，找到适合自己的方式之后才达到今天的水平。

莉西亚如果继续努力，应该也会成为树的可靠力量。

“不好意思啊，占用了你很多时间，会不会有事啊？”

“没事，只是这样没关系的。”

“是吗，那就好……”

我们结束这段对话时，正好也能看到树的房间了。

“再见啦。”

“唔啊。非常感谢。”

我把东西都还给莉西亚，转身沿着来时的路，往自己住的房间走去。

“欢迎回来，尚文大人。”

“我回来了，拉芙塔莉雅。”

我回到房间，就看到拉芙塔莉雅在原地待命。

“和其他几位勇者谈得怎么样？”

“基本没什么成果。看起来他们真的以为我作弊……是用了不公平的手段才变强的。”

“这个……要怎么做才能够解决这个问题呢？”

“谁知道呢？我会尽量说服他们，但不知道能不能成功。”

——我进入了自己熟悉的游戏，我就是主角！

那些人本来都是这样想的吧，结果却有个比自己弱小的人后来居上，这个人还能和更强大的敌人对抗，所以他们现在才那么忿忿不平。

明明自己也是利用对游戏的了解才走捷径变强的，怎么看到别人比自己更强就开始抱怨了呢？

其实，我们可能都是用玩游戏的心态生活在这个世界的吧。

说到底，还不是因为这个武器强化系统，以及等级概念什么的，让我们的感官都迟钝了。

这样一个异世界，在我们这些现代人的眼中看来，根本就是游戏吧。

可是我们现在却不得不在这样的世界中生存下去。

那些家伙像小孩子一样，自己可以走捷径，却不承认别人通过同样方式取得的成果。

如果不从这个角度去应对，根本就掌握不住他们的动向。

其实我只希望他们能够变强，至少能应对浪潮，其他事我根本就没有考虑过。

只要他们能达到和我一样的水平，哪怕我是这几个人中最弱的，也一样能够活下去。

为什么变强的方法就摆在他们面前，我也用自己做例子证明了它的真实性，他们却不愿意相信呢？

是因为他们都相信自己才是最特别的。

就算是我自己，如果这个世界与我曾经玩过的游戏类似，可能也会有同样的反应吧。

“因为他们实在太弱了，所以现在决定，连邻国发生的浪潮也得交给我们去处理。”

“会变得更忙碌啊。”

“是啊……”

“菲洛回来了——”

菲洛很有精神地走了进来。

是游泳游够了吗？

“主人怎么了？”

“这件事应该也跟菲洛说一下吧？虽然菲托莉亚告诉我，勇者之间要友好相处，但是现在只是要他们变强而已，已经费了我不少力气。”

我怀疑菲洛应该听不懂，也还是把会议内容详细给她解释了一遍。

“那和其他勇者一起训练的时候，菲洛也要有话直说。”

“嗯？”

算了，毕竟是菲洛。

“总之，现在邻国发生的浪潮也得由我们去对付了。”

就在我说这句话的同时——

菲洛头顶上的呆毛开始抖动，她歪了歪头。

“咦？咦……嗯……要菲洛替你说吗？”

“怎么了？”

“那个哦，就是通过这根呆毛，菲托莉亚已经看到现在的情况了。”

“这不是偷拍吗！”

也就是说，菲托莉亚等于可以随时监视我们啊。我本来以为只是个口头约定而已，这可有点出乎意料了。

菲托莉亚是一只传说中的菲洛鸟，也是菲洛鸟的女王。

她对浪潮的认识也很深刻，知道不少事情。

就是她提醒我，四圣勇者之间不应互相争斗，也是她给了菲洛头上这根呆毛。

“就是说哦，如果弱小的四圣勇者被要求去对抗浪潮的话，那菲托莉亚也可以适当帮帮忙哦。”

“她的意思是，在锻炼他们的期间，就算我们没去对抗浪潮，她也愿意暂时不做追究吗？”

听我这么问，菲洛点了点头。

“如果是为了让四圣勇者之间的关系更加融洽，变得更强大的话，是可以的。”

“那可太好了。那几个家伙完全不听我说的话，真是太难办了。本来还以为我们必须得同时解决两个难题呢……”

“所以才说要帮你哦。”

这根呆毛可真方便啊。虽然擅自干扰我们提升等级上限的也是这根呆毛。

“对了，菲托莉亚，你知道拉尔科他们是什么人吗？”

“嗯……菲托莉亚发出了表示思考的声音。咦？虽然浪潮里确实出现过那样的人，但是你也不太清楚？”

这么一说，她确实也说过，过去的事情都忘得差不多了。看起来也不能太指望菲托莉亚。

不对，那她也和那些人战斗过吗？

“你和葛拉丝她们战斗过吗？”

“没有，菲托莉亚说不是同样的人。”

看来浪潮里出现过类似的人，他们到底是何方神圣啊？

“是四圣勇者之外的勇者吗？可能有些类似？”

“这个嘛，虽然感觉上有些相似，但好像还是不一样。”

“嗯？菲托莉亚好像也不是很清楚，但是她说浪潮里其实会有这样的情况。”

“是吗？”

所以，浪潮到底是什么东西啊？

“线索？那个……好像是说，四圣勇者的传说故事里可能提到过？”

“有这个线索就够了。我再问问梅尔罗麦克的女王吧。”

我对四圣的传说没什么了解，只看过四圣武器书里写出来的部分。

但是，如果去询问女王或者其他对历史有详细了解的人，说不定就能解开这个谜团。

从这个角度上来说，菲托莉亚也可以说是历史的见证人了。

既然菲托莉亚说有，就应该是有的吧。

“另外，现在四圣勇者所在国家发生的浪潮，你们还是要自己处理。她是这么说的。”

“明白了。我们的负担已经减轻了不少，这点小事总要自己做的。”

下次再遇到葛拉丝肯定还会很麻烦，不过至少在那之前，我能有些时间去解决问题了。

只能尽人事听天命了。

“这么说的话，你把葛拉丝他们打败不就行了吗？”

“菲托莉亚说，如果遇到的话就会解决他们。”

我们的对话结束之后，菲洛头上的呆毛也安静下来。

“总之，要找时间把这个消息告诉女王，这样一来我们的工作也会轻松一些。”

“菲托莉亚女王也为我们做了好多事啊。”

“真希望她自己就把所有事情做完啊……”

“尚文大人，那就有些过分了吧。”

“我知道。”

传说中的菲洛鸟愿意代替我们去对抗浪潮，这就等于是有了坚实的后盾。

总觉得肩上的重担也减轻了一些，至于浪潮到底是什么这个问题，早晚还是必须要解决的吧。

我们看着驻地窗外夕阳下的大海，考虑接下来要怎么办。

让其他勇者接受强化方法是一切的前提，接下来要考虑的，就是如何破解葛拉丝和拉尔科的防御比例攻击和破防攻击。

我越强大防御力也会越高，他们就是利用了这一点，对我进行攻击。

接下来我还要去找武器店的大叔，为下一次的浪潮做准备。

现在拉芙塔莉雅和菲洛使用的业兔剑和业犬爪也都只是过渡性的武器。因为没有附加血液净化处理的效果，一旦沾满血污就会钝化，所以必须要定期打磨。

如果能定做一些更强大的武器，替换掉现在使用的这些，也会对战斗更有利。至于需要的材料，应该可以向女王索要吧？如果时间充裕的话，我们也可以自己去找材料，顺便打打魔物也不错。

剩下的，就是把盾牌提升到更完美的状态了。因为各种各样的原因，现在还只是不上不下的。

另外，对于吸收次元鲸后能得到什么盾牌，我也很感兴趣。

第三话 另一次诬陷

天黑后，我们吃了晚饭，泡了温泉，在驻地的阳台上乘凉。

我们一边感受着晚风，一边看着大海。暴风雨好像也基本上平息了吧。

……我还看到菲洛以饭后运动为借口，正在海面上游来游去。她到底有多么热衷于游泳啊？就假装没看到她好了。

“嗯？”

我从阳台回到房间，不经意间看到了元康和……莉西亚。

莉西亚这次倒是没穿那件松鼠的玩偶服。

元康又在搭讪吗？这么说起来，上次元康好像说过，莉西亚也在他的美少女排行榜上吧。

他到底想创建一个多大的“后宫”啊？他到底知不知道树会有什么反应啊？

总之，我还是去警告他一下吧。

“喂，元康，不要到处搭讪好不好——”

“啊！这不是尚文吗？交给你了！”

元康的脸色看起来不太好，他一把抓住我的肩膀，把我推到了莉西亚的面前。

“你搞什么啊？”

“别问了！总之就交给你了！”

怎么回事？那个好女色的人居然说交给我了……我转头看向莉西亚，不禁大吃一惊。

她……眼睛怎么红红肿肿的？莉西亚哭红了眼睛，跪坐在角落里。

“你……你怎么了？”

“那我就先走了！”

“等一下，难道你……”

终于堕落到犯下了无可挽回的罪行吗？

这很像是元康能做得出来的事。为了自己的快乐横刀夺爱，这家伙根本不会犹豫吧。

但是对方哭得太厉害，所以他也慌了。

真是卑鄙小人。决不能让他逃脱。

“才……才不是呢！”

“拿出证据来！”

“与……与枪之勇者阁下无关……”

莉西亚的声音也是沙哑的。

唔，是我想太多了吗？可能元康也还没糟糕到这种程度吧。

“那到底是怎么回事啊？”

“是发生了一些事情。但是我很不擅长处理这种情况，所以就交给你了！”

元康这家伙，虽然脸上还带着笑容，却好像随时都要吐出来一样，哆哆嗦嗦地跑开了。

我还是第一次看到元康露出这样的表情。没想到，居然还有那家伙不会应对的女性啊。

莉西亚就是他不擅长应对的类型吗？她也只是有点倒霉相而已吧。

“发生什么事了？”

“请不要为我费心了。”

“那怎么行？一想到你可能被元康侵犯，我当然会担心啊。”

“没有……只是我无法忍受了。”

“无法忍受元康的暴行吗？”

“不……不是的！”

她刚才只是随时都要哭出来，现在又好像有点生气了，至少还是挺有精神的吧。

“枪之勇者阁下一开始也是想让我振作起来……不过我觉得，还是不要说出来比较好。”

“就算你这么说也……难道是跟白天提到的事情有关？”

可能是因为莉西亚和我有着相似的经历吧，所以看到她遇到问题，我就想尽可能地提供帮助。

“没有……真的，请不要为我费心了。”

莉西亚说完就马上跑开了。

“……到底是怎么了？”

当事人离开后，只给我留下了难以言喻的不祥之感。

第二天早上，我在自己的房间里看书，心里还是不明白，昨天莉西亚为什么会那样。

现在大家的等级都已经足够了，老实说，继续在卡尔米拉岛上打怪已经没什么意义了。

在这份闲暇之中，我又想起了昨天发生的事情。

“果然还是想不通。”

怎么说呢……这件事根本无关紧要，不去理会也可以的，我心里却一直放不下。

我现在的感觉，就和被贱人陷害，以及梅尔媞被她身后的侍卫攻击时非常相似。

总有种不好的预感。

“怎么了？”

“有点事情。我稍微出去看看，你做自己的事吧。”

“哦……”

我把正在做俯卧撑的拉芙塔莉雅留在房间里，自己一个人走了出来。

到底是怎么回事呢？我自己也不是很明白。

我心里非常不安，还偷偷跑去树的房间附近偷听了一下。

里面传出来的声音听起来还挺欢乐的。是我想太多了吗？

“啊……”

结果我看到，莉西亚正在与我相对的另一边，带着羡慕的神情，远远地看着这个房间。

她一发现我，就马上跑开了。

……到底是怎么回事啊？

看起来，必须要审问一下元康，才能厘清事情的原委了。

所以我就去了元康的房间，先敲了敲门。

“来了。”

元康属下的另一位女生打开了门。

我记得元康的队伍里，除了贱人之外，还有两个女生，她是其中的一个……就叫作女一吧。

她的笑容好夸张啊，应该完全没想到门外的会是我吧。

“……啊，是你！你有什么脸到我们这里来啊？”

几秒钟之后，她认出了我，马上就大声吼了起来。

看起来是根本不愿意接待我啊。

“元康在吗？”

“我为什么要告诉你啊？”

“喂，元康——”

“别假装没听到我说什么！”

“是啊是啊！”

插嘴说话的是另一个女生，就叫她女二吧。

女二出声附和女一。贱人则根本不看门口的方向，假装我不存在，难免让人怀疑，她是不是对我产生了心理阴影。

不过这些家伙怎么样都无所谓。

基于女王的命令，以元康伙伴的身份为世界而战已经是贱人的义务了。

再加上她趁女王不在国内，和她父亲一起任性妄为，现在秋后算账，就欠了国家不少钱。

她的一头红发梳成了马尾。虽然一脸不快，但看起来还是很漂亮的。

就像元康所说的，是个可以与拉芙塔莉雅和菲洛相提并论的美人。

贱人虽然是梅尔媞的姐姐，性格却非常糟糕，是个任性妄为的人，最喜欢看别人因为被捉弄、被诬陷而痛苦不堪。

她穿得好像也比以前穷酸了，之前穿的那些是被女王没收了吗？活该。

“干什么呀，尚文？你一来，大家都不高兴吧。”

元康就在贱人和女二之间，一副尽享齐人之福的样子。

这姿势真让人火大。如果不是有事问他，我肯定不会跟他说话，直接就走掉了。

“这些都无所谓。我有事想问你。”

“……什么事啊？”

“昨天晚上那件事。你只说一句交给我，我怎么知道是怎么回事啊？”

“……明白了。不过我说了之后就真的全交给你处理咯。”

“真会推脱……算了，反正我自己也好奇，这点风险也承担得起。”

他应该有线索吧。元康有些脸色发青地离开房间，指示自己的属下留守。

然后我们一起找到一个没人的阳台，他还是一脸铁青地看着我。

……元康会露出这种表情，真是少见啊。

他平常总把我看成罪犯，从不掩饰自己的不忿，总说贱人是无辜的，我才是坏人。

但是一见到拉芙塔莉雅和菲洛，却马上就能开口搭讪。

尤其是他最喜欢的菲洛，简直是有机会就要尝试把她拐走。

"你是要问莉西亚的事吧？"

"是啊。"

元康这样一个人，居然把莉西亚弄哭了吗？不对，她是在遇到元康之前就在哭了吧？

莉西亚的嘴太严了，我根本问不出她是为什么哭。

但是元康对女性很温柔，我相信他一定知道事情的原委。

"其实——"

元康给我讲述了一下前因后果，不过……

元康的话一说完，我就意识到自己的直觉是对的，也感觉到强烈的愤怒。

"一开始我只是担心她，不知道她为什么在那哭，所以就不依不饶地缠着她问了……抱歉……我……真的不会应对……这种情绪的女孩子，可以交给你处理吧？"

"树——！"

我像要把门打破一样，冲进了树的房间。

房门发出巨大的声响，里面的家伙齐刷刷地看向门口。

"干……干什么啊？"

"你是盾之勇者！有什么事？"

瞪着我的人在树的伙伴中排名第一，是个穿盔甲的家伙。

这个穿盔甲的家伙，其实应该另有名字吧，只是因为他穿着一身豪华的盔甲，所以我心里都叫他穿盔甲的家伙。

穿盔甲的家伙态度非常蛮横，好像是什么特权阶级一样。

他利用树作为弓之勇者的权威，就是个狐假虎威的混蛋。

我不知道他强不强。反正在浪潮里，我没看到他们中的任何一个有什么亮眼的表现。

至于敌人对他们的评价……正如拉尔科所说，根本就是潜在罪犯而已。我也有同感。

“我有什么事？问问自己的良心吧！你们这些混蛋！”

可能是我的声音太大吧，整个驻地都吵闹起来。

也许是摄于我强硬的态度，包括那个穿盔甲的家伙在内，树的伙伴们都被吓住了。

最后还是树第一个反应过来，发出愤怒的质问：

“所以说，你到底要做什么？”

“还装糊涂吗？你们这些下三滥的家伙！”

不好，虽然我没有说什么，但是这股愤怒一直在煎熬着我的内心，暴怒之盾都快要出来了。

如果炼在场我可能就控制不住了，因为暴怒之盾的核心就是被炼杀死的龙。

可能就是出于这个原因，暴怒之盾对炼有很强烈的反应。

“你就是来给我们泼脏水的吧，盾之勇者！”

穿盔甲的家伙还想要抓住我的衣襟。

所以我就顺势抓住他的手腕，用上了擒拿的技巧。

“违反传说武器的规则，使用了专用武器之外的武器类型。”

我的手腕上同时也传来一波一波的刺痛，不过我现在已经管不了那么多了。

原来擒拿也算在禁止使用的攻击范畴啊，但是把敌人扔出去又好像没问题，这里面的区别在哪里呢？

“好痛！好痛啊啊啊！”

“我是来找树的。你少来捣乱，小杂兵！”

我一把甩开穿盔甲的家伙，只是瞪着树。

好久没有这么气愤了。多亏了拉芙塔莉雅，我最近冷静了不少。

但是我现在并不想压抑这份怒气。

“你这家伙……嘴上标榜正义，其实根本什么都不懂。”

“什么啊……”

树感受到我的愤怒，又看到听到吵闹声跑到门口看情况的莉西亚，好像明白了我的意思。

“真是的，还以为你在生什么气，原来是这件事啊。”

“你本来就很清楚吧。”

“有错的是她才对。”

“你说什么！”

根据元康告诉我的情况，事情是——

莉西亚之所以会那么难过，是有原因的。

昨天，莉西亚买完东西回到她伙伴们所在的地方。

就是和我分开之后发生的事情。

“莉西亚小姐，是你做的吗？”

“啊？什么事情啊？”

莉西亚才刚刚回来，树就摆出很遗憾的样子提起话头，莉西亚完全不明所以。

“你假装不知道也是没有用的。把我的首饰弄坏的人，就是你吧。”

听树这么说，莉西亚才看到，树一直很珍视的一个手镯已经坏得不成样子了。

“咦？我……我不知道啊。这是怎么回事啊？”

“还在撒谎……我们是有证据的哦。”

树说完，转头看向其他伙伴。

“是啊，我们看到了。就是莉西亚把树阁下喜欢的手镯弄坏后又藏起来了。”

“没错没错。”

“我也看到了。”

“什么？不……不是我！我没有……我真的不知道！”

莉西亚拼命否认，结果树却不肯相信她。

“这里有好几个证人啊……我也没办法了。本来如果你反省自己的行为，我还考虑要原谅你呢……从今天开始，就请莉西亚小姐离开我们的队伍吧。”

“怎……怎么会！我真的不知道啊！”

就在那个时候，莉西亚看到穿盔甲的家伙他们在偷偷地笑。

但是她当时没有精力关注这个，她更不能接受被抛弃，所以不停地恳求树收回决定。

“求你了！怎样都好！请让我留在树阁下的身边。”

树可能多少也有些心虚吧，一直躲避着莉西亚的视线。

“树阁下，你可不能在这种时候心软啊！”

穿盔甲的家伙和其他人就在旁边煽风点火。

“很遗憾……就此别过吧。”

“树阁下？真的！真的求求你了！请再考虑一下，让我做什么都行！”

虽然莉西亚流着泪恳求，树还是转过身不去理会。

“你怎么总是在博取树阁下的同情啊！这个撒谎成性的家

伙！你根本没有资格和我们在一起，更别说是跟随树阁下了！”

然后树的同伴就把莉西亚赶了出来。

这件事发生之后，莉西亚还是想要尽量跟在树身边，就跟在他们身后……但是也没什么用。

元康从莉西亚嘴里打听出来的，就是这些了。

“就因为莉西亚在卡尔米拉岛的浪潮里表现突出，你就容不下她了吗？”

“才……才不是呢！”

树从没这么快就发怒过。

绝对是被我说中了！

就因为女王说是看到莉西亚才想到了那个计策，他就这么看不惯吗？

反正他从来都看不起莉西亚吧。

这个被他看不起的人有了突出表现，他就嫉妒得要诬陷人家吗？

按照我对事情的了解，莉西亚根本没有做错任何事。犯人根本另有其人，莉西亚是被诬陷的。

我最讨厌的就是诬陷了！无法原谅！

所以我现在来质问树，完全是出于个人的愤怒。

“发现求我也没用，就去找其他勇者搬弄是非吗……你以为这样做，我就会让她重新加入我的队伍吗？”

“莉西亚什么也没对我说。是好女色又有手段的元康好不容易打听出来的！”

仔细一想，元康是因为被情杀才来到这个世界的。

所以他才说不擅长应对这种有点病态的女孩吧。

如果用美少女游戏中的角色类型来打比方的话，就是“病娇”吧。

在我原本的世界里也有类似的游戏。不过我记得这类角色最出名的剧情，也都是悲剧吧。

考虑到元康之前的经历，再看看莉西亚现在几乎等于是痴缠的状态，元康可能是被她激发了心理阴影吧。

不过，问题的重点不在这里！

“事实就是这样，莉西亚小姐说了谎。看起来她已经忘记了我救助她的恩情，反过来想要利用我吧。会有现在这个结果也是理所当然的。”

“你就没想过，是他们几个在撒谎吗？”

“真是的……你说我信任的这些伙伴们在撒谎？绝对不可能。反而是我们和莉西亚小姐相处的时日尚短……大家说的才是真话。”

这家伙……就是笃定我什么都不知道，所以才随口胡说吧。

我在来找他之前已经打听过了。

我自己也曾有过被诬陷的经历，怎么可能什么证据都没有，仅凭一时冲动就来找人对峙呢？这点理性我还是有的。

莉西亚真的不是坏人，甚至连真正动手的坏人是谁，我也已经知道了。

其实，我就是去找影问了一下。

这些影是梅尔罗麦克国内隶属于女王的机密部队。

他们像忍者一样，很擅长收集情报。

而且他们也一直在监视勇者们在卡尔米拉岛上的行动，所以影必定知道前因后果。

犯人根本不是莉西亚，而是树的其他伙伴。

伙伴之间存在对立问题，这件事影好像也对树提过，但是比起影的建议，树更愿意相信自己的伙伴。

我连他们之间进行过这样的对话都已经知道了。

事已至此，接下来就轮到我发起进攻了。

“不管你说什么，我是有证人的！而且是和你们没有利害关系的局外人。再说了，你的伙伴们看到有人做坏事，居然没有当场人赃并获，难道不可疑吗？这一点你怎么解释？”

“你已经查得这么清楚啦……那就没办法了。我们全都是为了她好。他们也只是想给她一个机会，让她自己说出来而已。他们宁愿自己扮演坏人，也想让莉西亚能够远离战场。”

“给我等一下……你在说什么呢？”

他们的意思我倒是听得懂……但是也太过于牵强了吧？

“就是想要莉西亚小姐离开我们的团队啊。我们的伙伴们，宁愿自己背负恶名也要让她远离战场……这是出于对同伴的好意吧。”

“啊？”

他在说什么呢？我根本理解不了。

难道说，这就是他们的目的？就为了让她离开？

“莉西亚根本不适合战斗。大家一起讨论之后，认为她更适合回故乡去过幸福的生活。”

“没错，就是这样，这全都是为了莉西亚好。”

树的伙伴们都在附和他的话，这是在说什么冠冕堂皇的大话呢？

就为了这个目的，就让莉西亚背负了莫须有的罪名吗？

她如果就这么回家，根本不知道会被人说成什么样子呢。

就算是好心，也要选择合适的方法吧。

而且莉西亚自己也知道自己不够强大。

就不能委婉一点，表达一下不希望她战死，希望她回故乡去的意思吗？

莉西亚一开始可能不会听从这样的劝说，但是如果这是树的真心希望，她那么喜欢树，最后也会流着泪同意吧？

不过，话说到这里我也明白了。

树就是要解雇莉西亚，但是莉西亚不肯让步，所以他也很为难。

所以就联合伙伴们一起冤枉她吗？

不对，他完全就是无法接受莉西亚比自己表现更突出。

这根本就是蓄意诬陷！

为伙伴着想？开什么玩笑。

他自己都完全不想受伤，却要求对方做到这一点。

不愿意低头，却去伤害莉西亚，而且还嫉妒别人表现好！

这又不是在玩游戏！

如果是游戏的话，反倒可以很干脆地踢掉队友。

毕竟这家伙是玩单机游戏的，肯定觉得伙伴就等于电脑角色吧。

我看着莉西亚，她已经完全愣住了。

她眼里还含着眼泪，只是默默地看着树。

我内心对树的良性评价已经降到了最低点。

虽然元康也是一个打心底相信贱人的蠢货，但我觉得，至少他不会丢下伙伴只顾自己逃跑。

但是，树如果遇到无法战胜的对手，恐怕真的会扔下伙伴自己逃走吧？

“老实说，在我的伙伴之中，莉西亚小姐也显得有些格格不入……与其勉强她去参与根本不擅长的战斗，倒不如去和平的地方幸福生活吧。”

“你就没考虑过莉西亚的想法和立场吗？”

“即便你这么说，这些虚无缥缈的东西对拯救世界的战争又能有什么影响呢？”

“那你一开始要赶走她的时候，为什么不说清楚？”

“我就直说了吧。从战斗力上来说，她也跟不上。我本来以为锻炼一段时间会有变化，但是已经提升了这么多等级，却根本没变，她还是回家比较好吧。”

这是在顾左右而言他。

反正就是要证明他自己什么错误都没有吧。

“那你为什么不直接说呢？就那么不愿意做坏人吗？”

“才不是呢！为什么你一定要这么武断呢？”

“如果为了自己的利益陷害他人才算是深谋远虑的话，武断也没什么不好。”

“所以我不是说了吗，从战斗力的角度考虑，接下来的战斗对她太困难了。我们是不得已才痛下决心这么做的。”

“是你自己抹消了她的优势吧！你把别人的人生当作什么了？”

据我所见，莉西亚还是有魔法天赋的！

都是因为树没有重视这一点，非要莉西亚去打近战，提升等级上限之后莉西亚才变得不上不下。

要说没用的东西就要丢弃，让她变得没用的不就是树你自己吗？

真是太乱来了！

如果他直接对莉西亚说自己的想法，我还能够理解。

结果他根本就是只为自己考虑。

这和我的经历根本一模一样。

这就是专门去陷害她的，而且树自己也参与了。

“正好有这个机会。我已经不愿意继续和莉西亚小姐合作了。老实说，她太弱了。”

也就是说，如果事情没有闹到这么大的话，他根本就不打算说出心里话的。

而且他恐怕还会认为，自己被逼到现在这个地步，也都是莉西亚的错，所以才会说出这番话吧。

这个伪善的家伙，只知道独善其身。

与他相比，奴隶商人和诈骗商人反而还更好一点呢，毕竟他们还知道自己就是在做坏事。

而且该说话的时候从来不遮遮掩掩，比起随时随地改变立场的家伙要强上好几倍。

“唔——”

听完树的这番话，莉西亚哽咽着跑开了。

“莉西亚？”

“只是想引人去关注她罢了。好了，你也出去吧！”

“你这家伙……还想让无辜的人经受痛苦吗？”

“我什么时候做过你说的那种事！”

“可别说你已经忘了，就是让贱人成为贱人的事。”

“贱人小姐的事情和我无关。”

什么叫和你无关啊？一脸正义地追究他人的责任，事后却连一句道歉都没有。

这家伙到底妄自尊大到什么地步了？一丝一毫也没有考虑过别人吧。

我此刻的心情已经超越了愤怒，之前直冲到头顶的那股热血也已经冷却了。

我一直以为这次的感觉与被贱人诬陷时一样，现在看来还是不同的。

“原来如此，我一直以为你只是正义感太强，虽然有各种各样的问题，但还算是个正派的勇者。看来是我看错人了，你太让人失望了。”

我用蔑视的眼神看着树。

我曾经听过这么一句话——喜欢的反面不是讨厌，而是漠不关心。

这么说的话，讨厌的反面其实也是漠不关心吧。

对于我来说，树现在已经完全不在我感兴趣的范围之内了。人根本就不会对不关心的人生气吧。

“你……你有什么立场这么说我！请你不要再接近我了！”

树对我怒吼着，声音比平时高得多。

啊，原来如此。

这家伙整个人都散发着“快来夸我”的气息，可能对被人批评这件事本身也有心理阴影吧。

“谁管你啊，我已经不会再配合你的自私了。你还是小心别把本性暴露得太多吧。”

“我让你快点消失！”

我冷淡地看着树，他已经准备随时都要拉开手上的弓了。

“你试试看啊……用你那自豪的弓射我试试。卑鄙小人。”

“这可是你说的！”

树也不管现在还在室内，直接拉弓放箭。

树的这招大概是用的魔法箭矢吧，只是拉开弓弦，箭就自动出现了。

我只是一步步地向他走去。

树的箭射中了我，发出一声高亢的撞击声就被弹开了。

“怎么会？”

“怪物啊！”

树的部下看到我轻松挡下树的攻击，都很吃惊。终于有人叫我怪物了。

“如果带入你们正义使者的思路，这种场合应该说邪魔外道的攻击对我无效吧？”

我继续缓缓地走向树，树一步步地退到房间深处，拉开距离的同时绷紧弓弦。

“猎鹰刺击！”

居然在这么狭窄的房间里使用技能。

我凝神观看，直接握住了树射出来的鹰状箭矢的咽喉。

“什么……我的猎鹰刺击被抓住了？”

“虽然你这也是破防攻击……不过这种程度的攻击根本也不需要防御吧。”

我手上用力，直接掐断了魔法之鹰的呼吸。

这只鹰是技能构成的，所以我用力也可以把它消灭。

我就这样继续走到树面前，轻蔑地看着他。

“莉西亚很弱？哈哈！你已经强到有资格评价别人了吗？”

“你说什么？”

树的表情里又增加了一丝愤怒。

我可不管了。虽然对不起菲托莉亚，我已经不想再和树友好相处了。

我转过身，离开了这个房间。

“你也就只有现在还能嚣张了！”

谁理你啊。要是这样能让你认识到强弱的差距，奋发图强也是好事吧。

我就这样直接去找莉西亚了。

我追着来到了港口，但是没有看到她的身影。难道……

就在这个时候，正好看到菲洛把莉西亚拦了下来。

周围已经围了不少人。

“姐姐，你也要游泳吗？你看起来一点都不开心呢，而且还在下沉哦。”

“你放开我！我……我已经……”

“菲洛，干得好！我会奖励你的。”

“虽然不知道怎么回事，太好了！”

“这里怎么回事？”

“这个姐姐哦，突然掉在海里了。菲洛看到她沉下去，就把她拉起来了。”

“跳海……”

难过得想自杀吗……太过激了。

我甚至有点能理解元康为什么不会应对这种情况了。

就算是被喜欢的人说了再过分的话，也不应该寻死吧。

“干得好，菲洛。”

“嘿嘿嘿。”

我摸了摸菲洛的头顶。

如果不是菲洛正好在这里，这件事情就会以最糟糕的方式结束。港口这边的水虽然有的地方浅，但是也有的地方很深。

尤其是船只停泊的地方，水是相当深的。跳下去的话，恐怕很容易就会淹死了。

如果真变成那样，我可接受不了。

因为我心里已经做出了决定。

“来吧，莉西亚。”

莉西亚被菲洛紧紧抓着，一脸茫然，我牵起她的手。

“既然你已经跳过海了，就当作已经死过一次好了。捡回一命后要怎么办？”

“……请让我死吧。树阁下已经不要我了，我没有活下去的价值了。”

“这件事不应该由别人来决定，应该由你自己决定。”

“那么，就让我死吧……”

“你自己这么决定，可能真的去死也没关系吧……但是，我不允许！”

如果就这么放任她死去，我的愤怒要何去何从。

“你就这么背负罪名也没关系吗？就没想过以牙还牙吗？”

“可……可是……”

“你就没想过，有朝一日让树亲口说‘请回来吧，我们需要你’吗？”

“我……我知道自己是真的很弱……”

“谁说你以后不会变强呢？只有树一个人这么想而已。人不可能永远都弱小。”

我自己也曾因为弱小而被其他勇者看不起。

可是，也不能因为这样就自暴自弃啊。

“……我……真的可以变强吗？”

“我答应你，绝对要让树看到你变强。”

我要让他后悔今天把莉西亚赶出自己的团队。那个杂鱼勇者，等着瞧。

只要树看到莉西亚在我的培养下比他的伙伴更强，也会相信我的话了吧。

“所以，莉西亚，我会帮你的，直到你找到让自己变强的方法为止。不，我会帮你变强的！”

这可是原则问题。

莉西亚蒙受不白之冤，因为弱小而被鄙视，完全就像过去的我一样。我一定要让她强大起来，给树一点颜色看看。

“你加入我们吧！”

莉西亚犹豫着，握住了我的手。

“我的心是属于树阁下的。”

“那个无所谓。我不需要你的信仰，你只要考虑自己的事就行了。”

我会做出这样的决定，本来也不是因为莉西亚是女孩子。

我只是无法接受树的做法，强行要别人配合自己的需要，一旦发现派不上用场就轻易舍弃。

而且我和莉西亚的遭遇也确实有相似之处。

所以我可以自信地说：

“我会让你变强的……不管用什么方法。”

“……明白了。那就拜托了。”

莉西亚哽咽着接受了我的提议。

如此这般，莉西亚成了我的伙伴。

在回房间的路上，我们遇到了拉芙塔莉雅。

“我……我听到了尚文大人怒吼的声音，发生了什么事？”

“都是树，尽做些天怒人怨的事。”

“咦？你身后的是……我记得是叫莉西亚小姐吧？”

她认识吗？那就简单了。

“那……那个，我是。”

“这是怎么了？”

“总之，我们先回去吧。”

“莉西亚小姐呢？”

“因为各种各样的原因，她现在是我们的同伴了。”

“是吗？我明白了。”

看起来，拉芙塔莉雅也反应过来是怎么一回事了。

回到房间之后，我又给她解释了一遍。

可以说是不出所料吧，拉芙塔莉雅又是吃惊，又是愤怒。

“那个人实在……”

“请……请不要说树阁下的坏话。”

“他都那么过分了，你还维护他……”

就连拉芙塔莉雅也难以理解。

我也是这么想的……

“如果不是菲洛帮忙，她就淹死了。”

“夸奖菲洛！夸奖菲洛！”

“啊啊，好好好……刚刚不是才夸过你吗？”

“嘿嘿嘿。”

可能还是觉得不够吧，菲洛用头在我身上不停地蹭来蹭去。

这个感觉……呆毛好烦人啊。

“不是树阁下的错，都是因为我太弱了……”

莉西亚又要哭出来了。拉芙塔莉雅赶紧握住她的手。

“……他是你很重视的人啊。”

“是的……”

“他早晚会明白的。我们一起努力吧。”

“……原来拉芙塔莉雅小姐也是一样的。我知道了。”

嗯？怎么好像有种奇怪的氛围，是我的错觉吗？

一起？随便吧。总比莫名其妙互相敌视要好得多。

“总之……莉西亚，禁止你再跟踪树。”

“好……好的。”

她有点太死心眼，已经快变成树的跟踪狂了。

现在还是保持一点距离比较好吧。

“我会努力的。”

“树现在也有情绪，总之暂时还是不要见面比较好吧。”

我也不想见他，那家伙实在太傲慢了。

“那么，接下来应该让莉西亚怎么做呢？”

“咦？”

“你这是什么反应……我又不会强迫你去做什么。”

我只是在说团队里的配合，应该让她负责哪个方面而已。

考虑到她原本是树的伙伴。

很有可能至今还以为我是一个性犯罪者。

“莉西亚擅长做什么？按照之前的说法，是近战吗？”

“虽然我是努力想要变成那样……”

“还是有适不适合的问题啊，稍微练习一下吧。我这边是处于人手不足的状态，说不定正好有适合莉西亚的位置呢。”

从战斗力的角度来说，已经有拉芙塔莉雅和菲洛负责近战了，也不会有什么问题。

那么，能不能让她来负责我的团队里没有的魔法系呢？

“你能用什么魔法？”

“我没有特别擅长的魔法属性……不过，基本上所有的魔法我都会用。”

“那不是很方便吗？”

我和拉芙塔莉雅以及菲洛能使用的魔法都非常有限。

我是恢复和援助，拉芙塔莉雅是光和暗合成的幻影，菲洛则是风系的魔法。

不过莉西亚好像没有什么限制。

像她这种水平，所谓的什么都会，也就等于什么都不精吧。

但是对现在的我们来说，也是珍贵的战斗力。

如果能使用所有魔法，就可以根据实际情况随机应变，能力的问题也可以得到改善。

又不是所有事都取决于等级和数据。

只要头脑灵活，也可能取得高于实际能力的成果。

正好趁着这个机会，把团队里的分工明确一下。

我是负责防御兼顾恢复，属于辅助位置，这个也没什么好反复说的。

拉芙塔莉雅是游击手。

她的战斗能力要弱于菲洛，不过基本功很扎实，再配合幻影魔法，可以不断攻击敌人。

菲洛是攻击手。

单纯的攻击力和速度，还能用电光一闪和范围攻击魔法。

现在有莉西亚的加入，就必须要考虑新的作战方式了。

“没问题的，莉西亚小姐。虽然尚文大人说话不好听，但也没有你想象中的那么过分。”

“……我觉得有必要好好跟拉芙塔莉雅谈一谈了。”

什么叫没有想象中的那么过分，什么意思啊？

不过……虽然不是我的本意，首饰商人和奴隶商人那些人，好像也确实是把我当作危险人物来对待的。

“那……那样的话……”

莉西亚偷偷瞥了我一眼，认同地点了点头。

你是认同了什么啊。

“怎么了？所以你们到底是怎么看我的啊？”

“没有啊……”

“什么叫没有啊？你说啊！”

“你看吧。”

“原来如此。”

莉西亚不知道为什么好像放心了。我真是不太明白女人的心。

真是搞不懂女生啊。反而是美少女游戏里的角色更单纯，好懂多了。

“这么说……”

我从上到下地把莉西亚打量了一番。

莉西亚身上并没有什么好装备。

她还穿过那个松鼠的玩偶服……我记得好像是叫松考特玩偶服吧。

那个团队里是有排位的，后加入的人拿装备的优先等级也最低吧。

“莉西亚，你几级了？”

“咦？Lv68了。”

还是挺高的。虽然我看不到她的能力值，但应该也是可堪一用的吧。

莉西亚的技能属性太宽泛，所以没什么突出优势，要不要让她集中负责恢复和魔法援助呢？

另外，我很担心她的防御能力。必须要事先设想我不能防守时的应对方法，不然就容易手忙脚乱。

既然有Lv68，就算比拉芙塔莉雅和菲洛弱也是可以战斗的。

问题是她的能力低到树都不想要吧。

即使是树，对这方面应该还是有判断力的。

“……我记得盾之勇者阁下是有企鹅柯的玩偶服的吧？”

“嗯？倒是有的。还有，你这样叫我也太见外了，就叫名字好了。不过不能只叫名字哦。”

因为和梅尔媞发生过争执，所以我也认识到，互相用名字称呼是很重要的。

只要加个先生什么的就可以了，总比叫阁下要亲近一些吧。

“唔啊？那……那就叫尚文先生。”

“这样就行了。对了，你问企鹅柯的玩偶服吗？怎么了？”

“如果可以的话……请让我穿。”

“啊？”

“松考特的玩偶服……虽然也是大家强制要我穿的……”

“是他们强迫你穿的吗？”

“是。”

什么叫是啊？为什么好像理所当然一样地承认了。

果然是个倒霉孩子啊。这根本就是被欺负了吧，像惩罚游戏一样，亏她还笑得出来。

“那真是非常了不起的装备。不过他们把我赶出来的时候，把那个也拿走了。”

“那是……”

“穿着那个有很多附加效果，挺轻松的。”

“附加效果确实很不错。”

可能松考特的那件也有类似的提升魔力之类的效果吧，应该还挺适合莉西亚的。

我取出企鹅柯的玩偶服递给莉西亚。

这装备各项效果都很好，比拉芙塔莉雅的盔甲性能还高呢。

“尚文大人……那个还是有点……”

“这也没办法吧，毕竟是她本人提出的。”

如果随便买点便宜装备，和莉西亚现在身上穿的比也没什么太大区别。

另外企鹅柯的玩偶服我一共有三件。因为业企鹅是卡尔米拉岛上的BOSS，我打得太多了。

不过我们也打倒了其他业系列的BOSS，却没有掉落玩偶服。

“……你喜欢这个吗？”

“因为很方便啊。而且就算我心情不好，穿着这个别人也看不出来。”

完全是失败者的思路啊。这孩子总是在说一些被欺负的人才说的话。

“你穿这个就可以吗？”

“是的！”

她的兴致还挺高。

这可难办了。虽然直率也很好，但如果不改变她的性格，应该是很难有所成长了。

比如只要穿上玩偶服，就算哭也不会被发现什么的……

“一开始就这样也没关系，不过之后还是要改掉的。”

“唉……”

拉芙塔莉雅露出微妙的表情。

想和这种性格的人友好相处，也是有难度的吧？

虽然多半不会有什么冲突的地方……不过现在还没办法做出判断。

“那么，就一点点变强吧。”

“是！”

她的回答倒总是很有精神。她大概能和炼那些顺从的伙伴们合得来吧。

莉西亚很快就换好企鹅柯的玩偶服。

“怎么样？企鹅企鹅。”

“啊……嗯。”

还莫名有点得意忘形，让我想起来到这个世界之前的自己。

再加上菲洛，能兴高采烈穿这个的已经有两个人了。

加入团队的明明是人类，却有种迎来了魔物的感觉。

“今后就请多多关照了。”

“啊，请多关照。”

“请多关照，和菲洛一样呢。”

“也请你多多关照了。”

就这样，我们纷纷对莉西亚的加入表示欢迎。

第四话 订单

岛屿附近海面上的暴风雨已经平息，包括勇者在内，大批人开始离开卡尔米拉岛。

虽然岛上的活化还会持续几天，但我们的等级已经升得差不多了，掉落物品也已经收集了不少，继续留在这里也没什么意义了。

只是我不愿意和树他们乘坐同一艘船上路，所以特意选了别的时间出发。

反正都会在半路就用传送技能直接返回城堡。

听我这么说，女王便和我一道出发，到传送位置再分开。

总之所有的勇者都回到了城堡。

接下来就要为下一次浪潮做准备，开始战斗训练了。

在此之前，先来检查一下上一次浪潮中解锁的盾牌形态吧。

鲸之盾的解锁条件已经激活！
鲸皮之盾的解锁条件已经激活！
鲸肉之盾的解锁条件已经激活！
鲸骨之盾的解锁条件已经激活！
鲸眼之盾的解锁条件已经激活！
鲸魔法核之盾的解锁条件已经激活！
……

因为是分解后的材料，所以出现了各种各样的盾，要全都列出来也很麻烦。

了解强化方法之后，查看详细说明也变得有点讨厌，所以专用效果和详细说明也就略过了。

提升基础属性的盾牌形态也全都忽略。

其中带有特殊技能的盾大概就是以下这几个吧。

鲸之盾 0/50 C

能力未解锁……装备增益:第三盾技能。

熟练度:0。

鲸魔法核之盾 0/45 C

能力未解锁……装备增益:泡泡盾技能，船上战斗技能2。

熟练度:0。

鲸角之盾 0/60 C

能力未解锁……装备增益:水中战斗技能3。

熟练度:0。

第三盾？我查了一下，这个技能在气波盾的技能链中，是可以召唤出第三面盾牌的技能。

泡泡盾我也试了一下，盾牌却只发出咻的一声，无事发生。

我能想到的可能性，就是这个技能需要在水中才能制造出泡泡……所以就跑到海里去试了一下。

最后确定，是做出了一个让人在水中也能呼吸的膜。

倒也不能让人永远潜在水里，在使用这个膜的过程中，只要从水里出来就会失效了。

如果是海战应该还挺方便的，可惜我们前几天才打过。

其他的勇者们应该也已经试用过这次得到的武器形态了……希望他们也能在训练中尽快掌握吧。

我们和女王一起乘坐比树他们早一班的渡轮，使用传送技能返回了城堡。

“啊！”

使用传送技能的时候，菲洛突然叫了一声。

“怎么了？”

“马车……”

“城堡的人会帮我们运回来的。放心吧。”

“这样哦。”

“结果在卡尔米拉岛上一次也没用过。”

菲洛每天都把马车收拾得闪闪发光……我倒是很担心，金属的马车会不会被海风吹得生锈。

这不是带了个根本没用的东西吗？

而且，现在能理所当然地使用传送技能移动了，马车好像真的要变成累赘了。

所以其他勇者们才不用马车吗？

“那么，我们会派遣对战斗有经验的人……和有实力的人。”

“嗯。”

我已经把菲托莉亚会尽量帮我们对应其他地区浪潮的事情告诉女王了。

也是因为这样，我们的压力也稍微小了一些。

距离梅尔罗麦克的下一个浪潮，还有差不多两周半的时间，只要在那之前强化其他勇者就行了。

其他的勇者们也随后就传送回来了。在他们抵达之前，我稍微考虑了一下应该怎么安排莉西亚。

“参加卡尔米拉岛的浪潮之前，岩谷阁下委托我准备了一批材料，要不要去查看一下？”

女王提到了为我准备的材料储备。

“对哦……干脆就顺便查看一下好了。”

城堡的仓库到处都是灰尘。如果是以前的那种RPG游戏，一定能在这样的地方找到优秀的装备。

我一件一件地检查。

上一次对抗浪潮之前也来过，当时并没有详细地查看里面的所有东西。

啊，倒是也帮我准备了不少装备类的东西。好像骑士团的装备也是放在这里保管的。

唔哇……大部分都是通用类的装备，没有几件算得上属性优秀的。

“岩谷阁下需要的东西也还没能凑齐……实在是抱歉。除了需求列表之外的东西，都很凌乱。”

“没关系的。”

这里还有魔法银材质的剑，不过还是业兔剑的攻击力更高。

看起来好像不太好用……我还是去找武器店的大叔好了。

“非常感谢你的谅解。与之相对的，材料方面总算是凑齐了一套。”

接下来，女王又带我去了保管材料的仓库。

在这里，女王递给我一张写满了字的羊皮纸文件。

“这是清单。如果要定做什么东西的话，只要和锻造师说一下，就可以从这里拿材料了。”

“唔……多谢你的协助。”

材料类啊……

“我可以先拿走一些吗？”

“请便。”

我把城堡仓库里保管的素材每种都稍微取出一些，用盾牌吸收掉，解锁了新的盾。

虽然技能树上还有很多空缺的地方，但至少盾牌的形态增加了。

在下一次浪潮到来之前，应该是没办法全部解锁的吧。

“另外，与其去找锻造师，我更愿意去委托另一个家伙。”

“……是吗？如果这是岩谷阁下的意思，我也没有意见。”

对于我来说，根本无法想象由武器店大叔之外的人帮我制作武器和防具。他一直以来都对我照顾有加，以至于我有种感觉，如果去拜托其他人做武器防具，等于是对大叔的恩将仇报。

而且，我也更信任大叔的技术。

干脆就去给拉芙塔莉雅和菲洛定做点武器和防具吧。

“莉西亚，我要去一直买东西的武器店，你也来吧。”

“好……好的。”

“还有……那件玩偶服……你就准备一直这么穿着吗？”

“咦？”

歪什么头啊？别人怕不是以为我在这演小品呢。

万一刺激到她好像会很麻烦，我还是随她的便吧。

“和大叔也有一周多没见了吧？”

“是呀。就按照上次约好的，去找他定做武器吧。不知道这次大叔又会帮我们做出多么厉害的武器呢。”

在卡尔米拉岛得到的大部分材料都还留在船上。不过我随身也带了一些，反正大叔能自己判断做什么东西比较合适吧。

而且梅尔罗麦克的仓库里也有不少女王帮我收集的矿石和材料，至少不会有短缺的情况。希望这次能做点厉害的装备吧，之后的战斗才会轻松一些。

说不定也能做出比玩偶服优秀一些的装备呢。

“哦？这不是小哥吗？”

“每次我来，大叔都是同样的开场白啊。”

“别这么说啊。大家这么熟了，就是会渐渐变成这样啦。”

我也能理解他的意思。这也是我们的关系更加紧密的证明，所以我也不觉得有什么不好。

“卡尔米拉岛那边怎么样啊？听说那边也爆发了浪潮。”

“我们在岛上升了不少等级，算是没有白去一趟。就这几天，等级提升了差不多三十级呢。”

“啊啊？”

嗯？大叔怎么这么吃惊啊，是我说的话有什么不对吗？

我转头看看拉芙塔莉雅，她也不明白有什么问题。

“小哥，你们是不是太逞强了？”

“如果你是说在岛上打怪的话，我们也没有什么勉强的啊。因为升级很轻松，所以也没什么特别的吧？”

“我倒是也听说岛上升级很轻松，不过提升等级上限之后，升级应该不会那么容易才对。据我所知，拼命地打怪，从活化期开始一直持续战斗到结束，如果想要升个二十五级左右，那也是会累死人的。”

居然几天就能累死……看来不知情的人还真的会把事情想得很可怕啊。

“唔……可能是因为我们比较强，所以效率更高吧，也有可能是受到传说武器的影响。”

“这也说不定。小姑娘们一开始就是和小哥一起升级的，所以也不太清楚吧。”

“……也许是吧。”

原来如此，说不定在这方面也是受到了盾牌的影响呢。

而且我们也不认识没有传说武器的普通冒险者，所以更是无从对比了。

如果有这一类的技能，女王她们也应该知道才对，下次有机会要记得问一下。

“那么，今天来找我有什么事啊？是之前提过的那些吗？”

“对啊，我们在岛上也得到了不少新的材料，再加上城堡仓库里已经收集到的部分，希望你能用这些材料帮我们做点强大的武器。”

我把女王给我的材料清单递给大叔。

虽然我也不知道哪些是必须的，但是总量已经有一定储备，应该不会出现材料不够的情况吧。

“希望大叔能用这些素材做出适合我们的武器和防具。”

“明白了。这里面也有很多珍稀材料啊，我也有点跃跃欲试了。预算方面呢？”

“可以从国库支取。”

“小哥现在也算是身份显赫啦。”

装备、材料、身份，再加上金钱。有了这些东西，就不用担心我会离开。

反正最后也要与浪潮对抗。既然有了合适的环境，我就更不想浪费时间。

……与此同时，我心里也有些放不下的东西。

“另外……”

我看着拉芙塔莉雅和菲洛。

她们把自己身上装备着的业兔剑和业犬爪放在了柜台上。我把企鹅柯玩偶服和其他在卡尔米拉岛上得到的材料也拿出来给大叔看。

“还得加上这些。”

“小哥你东西好多啊。另外，这个穿着睡袋一样东西的小姑娘也是你的伙伴吗？”

“唔啊？”

“啊，她是莉西亚。虽然打扮成这样，但其实是个人类。”

“尚文大人，也不需要这么介绍她吧……”

“这也是没办法吧，她不肯脱掉那身玩偶服啊。”

虽然她自己说是为了隐藏面孔，但我现在怀疑，她根本就是喜欢穿玩偶服。

“这……这个就先不管了，你们拿来的武器可是挺少见的……虽然有点问题，但确实很适合小姑娘你们现在使用。”

大叔一边研究那把业兔剑，一边说道。

这把剑有挺多不好的地方，不过本身的攻击力的确很高。

以拉芙塔莉雅现在的实力，用魔法银材质的剑总是没几下就弯了。

我准备听听大叔的意见，看是要改造一下还是另选其他的。说不定也可以把这把剑熔了作为素材使用。

“问题是这剑上没有附加血液净化处理的效果，能不能想办法呢？”

“那个效果是要在锻造的过程中加进去的……虽然现在也可以补做，但效果就没有那么好了。这样也没关系吗？”

“那就拜托了。”

“嗯……这样也可以，不过改造一下应该也会很有趣吧。”

能不能像蛮族之甲那样增加其他部件呢？

也许我应该问一问。

“小哥总是能带来很有趣的工作呢。”

“是吧。改良是一方面，另外能不能给这个莉西亚也搭配一下合适的武器？”

“嗯？倒是可以……但是能不能把玩偶服脱掉，让我看看她的手？”

“莉西亚。”

“我……我喜欢用剑。”

“我是想让你做后方支援啊……”

“我都会做好的！”

“你有这个想法当然好，总之先让大叔看看吧。”

“是……”

莉西亚慢慢地脱掉了玩偶服，对大叔行了一礼后才伸出手。

“又是一个漂亮的小姑娘，小哥你也挺幸福的啊。”

“幸福？我又不是元康，没有那种想法啊。”

“果然还是这么不解风情啊，小姑娘要更加辛苦啦。”

“是啊……真是这样。”

大叔和拉芙塔莉雅不知道在那里感慨什么。

“唔……这么看上去的话应该比较适合使用迅捷剑吧。既然想要在后方做援助的话，挑一把能提升魔法效果的应该比较好吧。”

“这样啊，那能帮我们挑一把吗？”

“对了，其实还可以选弓或者枪一类的武器哦。你看起来也没什么力气，我比较推荐这一类哦。”

“唔啊……弓是不行的！”

“不想和树用同类武器？”

“不是那样的，我是怕不小心射中你们……”

“啊，是这样啊。”

听她这么一说，确实战斗中好像还得担心会不会被自己的伙伴误伤的问题。

这方面来看，树好像没有失误过……可以说不愧是勇者吧。

“总之，这些东西你们想什么时候要呢？”

“距离下一次浪潮也就只有两周多一点的时间了，只要在那之前能拿到就可以。”

“明白了。不过……”

大叔拿起了企鹅柯的玩偶服。

“这个要怎么处理呢？是要拆分掉吗？话说回来……这种东西到底是谁做的啊？”

“这个就是问题所在了，虽然装备的属性很优秀，但外观却实在不怎么样。这是魔物的掉落物……不好意思，我用比较容易理解一点的说法吧，是以魔物为材料，用传说武器做出来的东西。”

就是这样的吧。如果我说是魔物掉落的东西，别人一定会吐槽怎么会掉出这种东西吧。

只有在这种时候，我才有自己是身在异世界的真实感。平时都不怎么意识得到。

我对此没什么感觉，不是因为我有什么问题，反而是其他那些总是和这个世界格格不入的勇者们问题比较大

而且像是兔子或者豪猪那么大的动物，居然能掉落出比自己身体还大的武器，这才比较奇怪吧？

“真是做出了很奇怪的东西啊……虽然属性确实是很优秀……”

“能把这些属性转移到别的东西上吗？哪怕只是那些附加属性也可以。”

“这可难办了。我会尝试一下的，不过你也不要抱太大的希望就是了。应该还需要做很多细节调整，到时候我再找小哥确认吧。”

“那就拜托了。还有蛮族之甲什么的，如果能用它强化的话，

是不是也放在你这里比较好？”

“这个嘛……总之我先尝试着给小姑娘做盔甲吧，其他的之后再说。”

给拉芙塔莉雅用吗？如果能顺利做好的话倒是也不错。

“怎……怎么了？”

“别在意。”

应该说是不好的预感吗？总之我有点担心。

总觉得这次改造可能不会很合我的心意。

“让人很期待呢。”

……玩偶服爱好者倒是对此表示出期待之情。

这更加强了不好的可能性。毕竟连莉西亚这种倒霉的人都满怀期待了，怎么看都是一种不祥之兆吧？反正，真发生什么的话还可以给莉西亚穿。

“那我们走了，大叔。如果有什么事情，你只要说是帮我做事的武器店老板，拿着这个文件去城堡找我就行了。”

“知道了，小哥。你就等着我的好消息吧。”

“嗯，拜托了。”

我们就这样离开了武器店。

回到城堡的时候，正好看到一个熟人从马车上下来。

“啊，是盾之勇者阁下。上次给你添麻烦了。”

是贵族优雅男。我被悬赏通缉的时候，曾经在他的领地上躲避过一阵子。

我记得女王也说过，他的身体现在很虚弱，应该在自己的领地上修养才对。

他身边还有一个长着狗耳朵的小孩子，穿着打扮也很不错。

“拉芙塔莉雅！”

“基尔！”

对了，他叫基尔，是拉芙塔莉雅的同乡，是我们从拷问过拉芙塔莉雅的那个贵族手上救出的奴隶少年。

“拉芙塔莉雅，你还好吗？应该没有人对你做什么奇怪的事吧？”

“我没什么啊，已经没有人追我们了。”

“这样啊……”

基尔转头看着我。

“你没有强迫拉芙塔莉雅做什么吧？”

“……”

“你为什么不说话？”

“我觉得，要说强迫确实也强迫过吧。”

“尚文大人强迫自己的时候比较多吧！基尔，你放心吧，我都没怎么受过伤！”

“倒是因为被波及，受到过诅咒。”

“尚文大人你不要说话了！”

“他是拉芙塔莉雅的青梅竹马吧？骗他就太不礼貌了。”

“哈哈哈，盾之勇者阁下身边总是充满快乐。”

嗯？贵族优雅男看着我笑了起来。

是我说了什么好笑的话吗？

“那么，你们为什么会在这里？”

“我的体力也恢复了一些，就来露个面。”

“这样啊。”

要不要干脆让基尔也成为拉芙塔莉雅的同伴呢？

拉芙塔莉雅好像也注意到我在盯着基尔看，不知道在想些什么。

“拉芙塔莉雅你觉得呢？”

“我……我觉得什么？”

“那孩子今后的安排啊。也不能总让那家伙帮忙照顾吧？”

我看着优雅男，优雅男笑着摸了摸基尔的头。

“我倒是没什么问题哦，都看这孩子自己的意思。”

这样啊……那就要看拉芙塔莉雅怎么想了，还有基尔自己的选择。

“拉芙塔莉雅现在在对抗浪潮吧？”

“是的。我和身为盾之勇者阁下的尚文大人一起战斗。几天前卡尔米拉岛附近刚刚爆发过一次浪潮，我们也参加了。”

“好厉害！拉芙塔莉雅！我也要变强，然后参与对抗浪潮的战斗！”

哦？这个回答倒是不错。

“咦？”

不过，拉芙塔莉雅的表情却有点犹豫。

“拉芙塔莉雅？”

“那个……”

“你不愿意吗？”

听我这么问，拉芙塔莉雅一脸为难地转头看着我。

“姐姐怎么了？”

菲洛也和基尔一样不解地歪着头。

我倒也不是不能理解她的想法。

她恐怕是不愿意基尔也卷入危险的战场吧。

拉芙塔莉雅用期盼的眼神看着我。

“这样啊……只是参加训练，稍微锻炼自己变得强大一些还是没关系的吧？”

“尚文大人……”

“而且……变强总归不会是什么坏事。”

拉芙塔莉雅居住的村庄是最早被浪潮侵袭的地区之一，在被魔物大肆蹂躏之后，他们又遭遇了一次奴隶狩猎。

如果村庄的幸存者更强大一些的话，说不定他们的损失也不会那么惨重。

“拉芙塔莉雅，你是不想让我战斗吗？”

“……”

拉芙塔莉雅看着基尔没有说话，好像还在考虑。

“并不是这个意思。只不过，战斗是比你想象中更残酷的事。你有这个心理准备吗？”

“那是当然的！我……想要变强，这样才能保护大家！”

“这不就有结论了吗？既然已经决定了，一味地阻止他也只能起到反面效果，哪怕能学会保护自己也是好的呀。”

听我这么说，拉芙塔莉雅缓缓地点了点头。

对了，让基尔加入我的队伍也是可以的。

毕竟我们现在人手不足，难得有值得信任的人选，我是希望这个队伍可以变得更强大。

既然他是拉芙塔莉雅的同乡，应该也不会背叛我们吧？

“那么，尚文大人，可以拜托你照顾基尔吗？”

“嗯。”

“你是拉芙塔莉雅小姐的同乡啊。”

莉西亚向着基尔的方向迈出一步，准备介绍自己。

“哇！这个人怎么回事啊，衣服好奇怪啊！”

“唔啊？”

你现在才注意到吗？

“那么盾之勇者阁下，基尔……他就拜托你了。”

优雅男微笑着把基尔留在我身边，面见女王去了。

“那么都来介绍一下自己吧。”

“菲洛的名字叫菲洛！之前见过呢。”

给我等一下……

我的话音刚落，菲洛就第一个开口了。

“我的名字是莉西亚·艾比莱德。请多关照哦。”

“最后就是尚文大人了，快点给基尔介绍自己啊。”

“啊，我的名字是岩谷尚文，现在是盾之勇者。虽然战斗可能很艰苦，不要怕，尽管往前冲吧，我会保护你们的。”

听我说完，基尔猛地向前迈出一步。

“我的名字是基尔，请多关照！”

基尔的身材几乎和菲洛差不多。

因为他是拉芙塔莉雅的同乡，所以看起来比实际年龄小吧。

这么一想，他是我同伴中第一个男性啊。可以不加顾忌地聊天，倒是轻松不少。

而且拉芙塔莉雅、菲洛、莉西亚的对话里总是有我无法加入的话题。

“那么，莉西亚和基尔，你们自己说说吧。”

“说什么？”

“是什么事啊？”

“你们具体想变得多强呢？”

拉芙塔莉雅感到有些不安，转头看着我。

她直觉不错。这两个家伙听到我接下来说的话，多半要大吃一惊吧。

“当然是要变成最厉害的！”

“唔啊？是的！”

从他们的回答里可以听出坚定的信念。

既然如此，我也不能辜负他们，干脆直接说了：

“那你们就来做我的奴隶吧。”

第五话 战斗顾问

“唔啊啊啊！”

“这……这是什么意思啊？你根本就不是盾之勇者吧！”

莉西亚的高声惨叫在城堡的庭院中回荡；基尔气愤地瞪着我和拉芙塔莉雅。紧接着，莉西亚就像受惊的兔子一样从我身边跑开了。

这家伙总是在这种莫名其妙的地方特别有行动力。

“抓住她！别让她活着逃掉！”

“你说什么呢！”

“没有啦，就是觉得这个场合很适合这么说啊。”

“果然是这样！”

“基尔！你冷静点！虽然尚文大人根本没有解释，其实他会这么说是有原因的！”

“到底是什么原因啊？”

哎呀？好像被我搞砸了。

“好——的！”

菲洛变身成菲洛鸟的形态，开始追莉西亚。

基尔被这个场面吓得说不出话来。

“不……不是的！菲洛，这是在开玩笑！像平时一样就好了！不要太用力！”

“也不要用嘴咬她！莉西亚小姐会被你咬死的。”

糟糕，随口说出的话引发了混乱。我以后还是注意一点吧。

菲洛抓住莉西亚，把她背了回来。

莉西亚还在不停地挣扎。

“请放过我！我会回家的！我要回爸爸妈妈身边！树阁下啊啊啊！”

“是开玩笑的啦……”

“做奴隶也是开玩笑？”

“那个是认真的。”

“到……到底怎么回事啊？”

“想要变强，就要打倒魔物，提升等级，对吧？勇者有一种帮助成长辅助的力量，可以让伙伴的能力的提升幅度更大。拉芙塔莉雅现在这么强，就是因为这个。”

“是……是吗？拉芙塔莉雅很厉害吗？”

“是啊，这一点是真的。”

拉芙塔莉雅迅速绕向基尔的身后。

基尔还来不及反应，就发现拉芙塔莉雅已经在自己身后了。

“好厉害！”

“能享受我这面盾牌的成长辅助效果的，只有两种角色，要么是魔物，要么是奴隶。”

这就是最大的问题所在了吧。

除了成长辅助之外，奴隶和魔物都还有其他的辅助效果。

只要利用这一点，莉西亚和基尔都会肉眼可见地得到强化。

“莉西亚和基尔都有选择的自由，唯一的问题是不做奴隶的话，就基本上没办法使用变强的辅助效果了。”

“可是……”

“仔细考虑一下吧，想变强的话应该怎么做？你的欲望自然会带你寻找可能性，我只是提供一个方法而已。”

“……”

莉西亚和基尔迷茫地陷入了思考。这是与他们切身相关的事情，也是情有可原的。

我又继续补充道：

“现在莉西亚已经是Lv68，升级已经很慢了，所以奴隶身份带来的加成也小，有没有必要这么做我也不知道。不过从成长的角度来说，有肯定是比没有要强。”

这种辅助效果从低等级开始是最好的，毕竟积少成多嘛。

游戏里不也是这样吗？

一加入就等级很高的家伙总是要么死亡，要么背叛，也就等于没什么成长性。

……拉尔科也是这样的吧。这个思路有点危险啊，不能用游戏思维来思考问题。

“那要不要重置等级呢？不过梅尔罗麦克的浪潮就要来了，我倒是不希望你们这个时候失去战斗力，最好还是浪潮过后再重置。”

我们现在都在Lv70左右，考虑到之后受到成长辅助的影响，差距只会越来越大。

“说得……也是啊。”

“不过，如果成为奴隶……别跑啊！我完全不会限制你们！听我说！”

我一提到奴隶的话题，莉西亚就想逃跑。这家伙太麻烦了。

“我不是说了吗，我又不会强迫你们做什么事情！”

“唔啊啊啊！”

“莉西亚，你听着，我只是告诉你怎么变强。你的决定呢？”

听我这么说，莉西亚又犹豫不决地开始思索。

被人问要不要做奴隶，能爽快回答“要”的人肯定也有问题吧。

……比如拉芙塔莉雅。

“虽然我会掌握你们的命运，但是我也可以发誓不会对你们做任何限制。”

“……虽然尚文大人很任性，但是除了偶尔会让人为难之外，真的什么都不会做的。这一点我可以保证。”

“拉芙塔莉雅小姐……”

“主人也没怎么限制过菲洛吧？”

拉芙塔莉雅和菲洛的话听起来好像已经被洗脑了一样，莉西亚和基尔也不一定会相信。

“我不勉强你们。不愿意的话就保持现状好了，我们再想想还有没有别的办法。基尔，我也再对你说一遍，我只是给你提供一个可能性而已。选择权还是在你自己。”

“……嗯，我想要变强。为了达到这个目的，就算把灵魂卖给恶魔也没关系！我要把大家都带回来！”

“你觉得我是恶魔吗？”

“虽然看起来总是做坏事，但其实是个很好的人！”

被拉芙塔莉雅这么一说，基尔的决定好像也没那么艰难了。

话说回来，我是恶魔吗？

莉西亚双手捧在胸前……虽然她穿着玩偶服看不到表情，但还是能从声音里听出她的决心。

“我也决定了……请让我做奴隶吧！”

“……真的可以吗？”

她做决定好快啊。因为莉西亚的那种性格，我本来还以为她要犹豫很久呢。

但是她只要决定了，就会一往无前，对于这一点我也是很佩服的。

“是！我也想要变强！”

“那我就去找女王，让你们两个做我的奴隶了。”

我们就这样直接去找女王了。

“唔……呃……”

成为奴隶的仪式顺利完成了。

莉西亚和基尔的胸前都刻上了高级的奴隶纹。

基尔原本就曾经是奴隶，之前的奴隶纹已经去掉了，结果现在又成了奴隶，也是一种命运吧。

就像贱人的奴隶纹一样，不触发的情况下是看不出来的。

我的视野中显示出各种禁止项目。

我本来选择取消所有项目，但是设置失败了。

看来不能设置完全没有任何限制的冒牌奴隶，所以我就选了无关紧要的项目，完成了设置的步骤。

……我选择的项目是无法对我撒谎。

我把贱人对我做过的事也作为一种可能性考虑进去了。

毕竟莉西亚也可能是树派到我身边的间谍。

不过既然她能选择成为我的奴隶，间谍的可能性其实是微乎其微的。

“呼……呼……”

“你们还好吧？”

“嗯，没关系的。”

“这……这只是小事一桩。”

“是吗，那就好。”

接着，我便带着一点歉意，开始查看莉西亚和基尔的状态数据。

首先是基尔的。

唔……因为等级还比较低，所以也没什么特别的，初期的敏捷度还比较高。

他是长着狗耳朵和尾巴的亚人，是速度系的吧。

接着是莉西亚。

“呃……”

“怎么了？”

“不……不不，没什么，不要在意。”

我都不知道说什么好了。

这是怎么回事……与我和拉芙塔莉雅以及菲洛相比，所有数据都低得要命。

明明已经Lv68了，也就是比个位数等级的基尔高一点而已。虽然树很弱，但现在我也能理解他为什么要解雇莉西亚了。

不过，我是不会放弃她的。接下来才是体现我的能力的时候，期待她会有亮眼的成长。

普通人大概就是她这样的水平吧。

如果要说特点的话，就是她的各项数据几乎都是同一水平，没有可以称之为短板的地方。

可是，她的数值全部都非常低，让这种平均也就成了毫无优点。

她真的有Lv68吗？她这种情况，不找到合适的强化方法可真的完蛋了……

“岩谷阁下。”

是女王在叫我。她身边还站着一位我没见过的骑士。

“什么事？”

“现在我们正在招聘有能力的战斗顾问。在剑术方面，现在准备让能排进梅尔罗麦克前五名的人来指导练习。”

“这是在第一名来之前的铺垫吗？”

“尚文大人，你说得太直接了……”

“可是我又没说错吧。”

我一边想，一边安排如何高效地利用有限的时间。

“啊，基尔是吧。你现在等级比较低，先跟着菲洛去升级吧。”

先把基尔的基础体能提高一些比较好吧。

为了尽快达成这个目标，让本来就很强、脚程也快、等级也远远高于他的菲洛先带着他快速升级应该是最好的。至少要先达到可以提升等级上限的水平。

“要菲洛帮这孩子吗？”

“对，在天黑之前回来就行，跑着去吧。”

“嗯！”

菲洛嘭的一声变成了菲洛鸟女王的形态，把基尔背了起来。

“咦？啊，等一下——拉芙塔莉雅！”

基尔话还没说完，就被菲洛用一双翅膀给摁着双手带走了。

“呀啊啊啊啊啊啊啊啊啊啊啊啊啊啊！”

“啊啊啊啊……基尔！”

“你就这么不放心吗？菲洛很强，不会有事的。”

基础是很重要的。这边的训练也是等级越高越有好处的。

“下次浪潮结束之后，莉西亚，你也要经历同样的过程，先熟悉一下吧。”

“唔啊啊啊啊！”

她好吵啊。

不过，也是可以理解的。毕竟按照拉芙塔莉雅说的，骑在菲洛身上可以说是最糟糕的体验了。

希望基尔也能把这当作是变强必经的考验，放弃挣扎。

“盾之勇者阁下身边很吵闹啊。”

站在女王身边的骑士摘下了头盔。

她的外表……看起来就是游戏里会出场的那种女骑士，美貌程度也足以与拉芙塔莉雅媲美。

她留着一头浅红色的长发。戴着头盔的时候应该是盘起来的吧。

她应该很适合穿上男装扮成王子。

“先来介绍一下自己吧。”

听女王这么说，女骑士向前走出一步，行了个军礼，高声介绍自己：

“在下名为艾克蕾尔·赛阿尔特。这次能被委任为勇者的训练指导员，是我的光荣！”

“赛阿尔特？应该没见过吧……”

我好像听过这个姓氏，是在哪里听到的呢？

“尚文大人，赛阿尔特是我们村子所在的领地的名字哦。”

“啊，好像是优雅男提到过。”

也就是说，她就是统治拉芙塔莉雅所在领地的贵族吗？

我怎么记得那个人应该是牺牲了？

“是的。这位是之前统领拉芙塔莉雅小姐所属领地那位贵族的女儿。”

哦，这个人选倒是不错。

据传闻，统治拉芙塔莉雅所属领地的那位贵族是很有能力的。正是因为那位贵族在浪潮中丧命，才加剧了拉芙塔莉雅她们的不幸遭遇。

“那这家伙之前都在做什么啊？”

“得知我父亲去世的消息，一群骑士和士兵趁乱在领地上抓捕奴隶，我因为打算阻止这些人，被关进了监狱。”

哦……原来这个腐烂的国家里还是有这种人的啊。对于身为盾之勇者的我来说，她是曾经统领过拉芙塔莉雅故乡的贵族之女，为人处世也给我留下了很好的印象。

“正如她本人所言，被关进城堡的监狱之后，她的身体也日渐衰弱。岩谷阁下前往卡尔米拉岛期间，她的治疗才终于结束，今天正式回归，被选为勇者阁下们练习的对手。”

当时统治这个国家的是三勇教和垃圾，就算把她直接处死也不奇怪吧。

关键是她的实力，这才是最重要的。

如果是比拉芙塔莉雅还弱的人，和她练习也没什么意义。

“她的实力没问题吗？”

“是的。在我国的剑术大会上，她是排名前列的强者。”

“……除了她之外的人呢？”

“要么是加入了三勇教已经被捕，要么就是已经战死或者被贬职了。”

也就是说，除了这家伙以外，根本没有能够配合我们练习的人了吧。

虽然她的履历没有问题……

“父亲去世之后，我没能守护住那块领地，你怨恨我也是应该的。”

“怎么会……那不是一个人能够解决的问题。请抬起头来。”

自我介绍就这么自由地进行着。

这个叫艾克蕾尔的家伙，对拉芙塔莉雅放下心防，两人开始亲切地交谈。

“这样啊……拉芙塔莉雅小姐，就算是为了领地的居民，我也要为这份职责竭尽所能。”

“请不要这么夸张，直接叫我拉芙塔莉雅就可以了。”

“好的。拉芙塔莉雅，虽然我也不太确定自己有没有这个实力教导别人，但是我想把自己的剑术尽可能地教给你们。”

总之，这个名叫艾克蕾尔的家伙就要负责教授拉芙塔莉雅剑术了。

“我应该也要参加训练的吧？”

“虽然不知道有没有能够教给盾之勇者阁下的东西，但这确实也是我的任务。”

她说话真是太死板了，不过这也反映出她性格的认真。

“那我就回去处理公务了，有事情再告诉我吧。”

女王离开了，剩下我们几个人。

“那我们接下来该怎么办？今天就开始训练吗？”

总觉得看现在这个气氛，马上就要开始按照梅尔罗麦克的传统，进行长跑一类的体能训练了。

“首先需要确认一下各位已经达到什么样的程度了。”

“不训练基础体力啊？”

“我认为盾之勇者阁下一行平时应该不会疏于这些基础训练，所以准备从实战开始。”

我平常可没有跑步锻炼体力哦。

最多也就是拉芙塔莉雅，平时有空会做做伏地挺身、曲臂悬垂什么的。

我自己反而是室内派，一有时间就会配制药剂，要不然就是做首饰。

除此之外，好像就是给拉芙塔莉雅她们做个饭什么的……

这可糟了，我基本就没做过身体上的锻炼啊，只有和魔物战斗的时候会运动一下。

“老实说，我们还真的没有锻炼体力。我基本都是靠等级压制和盾牌的辅助效果蒙混过关的。只有拉芙塔莉雅是一直在训练的。”

“尚文大人，请你不要再说这种引人误会的话了。”

“是吗……那么就稍微在城堡的训练场地上跑一下吧。”

虽然我也不想跑，但是艾克蕾尔说的是对的。

就当作是热身运动也好，还是应该先跑个几圈。

我们一行人跟着艾克蕾尔，绕着城堡的训练场跑了好几圈。

虽然跑起来就没有停下……但是受到盾牌的影响，我也几乎没感到吃力。

老实说，我跟在艾克蕾尔身后跑的时候觉得好无聊——

因为太慢了。

“可以再跑得快一点吗？”

“啊，这样啊。按照盾之勇者阁下喜欢的速度跑就可以了，我会跟上你的。”

“听到了吗，拉芙塔莉雅？”

我和拉芙塔莉雅保持在不至于疲累的速度跑了起来。

“唔啊啊……”

啊，莉西亚的体力就快要耗尽了，只能艰难地挪动着脚步。都是因为她还穿着玩偶服吧。

就这样跑了大概十分钟之后。

“盾……盾之勇者阁下……”

艾克蕾尔叫住了我们。听她的声音好像有点累了。

至于莉西亚，她跑到一半就累倒了，我反正也闲得慌，后半段都是扛着她跑的。

“看起来基础体力是足够的了，应对实战完全没有问题。”

“是吗？”

“可能与等级也有关系吧，不过按照我的判断，体力绝对是足够的。”

是不是因为我们在卡尔米拉岛上变强了呢？

跑了这么久也不累，莉西亚扛在身上也不重。

就算负重再增加一些，好像也没什么问题，基本上就和快速走路差不多嘛。

游戏设定上的强大，让现实性的锻炼也几乎失去了意义。

虽然这样确实比较轻松，但是对这种小细节不够重视的话，总觉得早晚会自食恶果。

我希望能尽可能地提升反应速度，实战训练应该对这点有帮助吧。

如果能有效果，那么以后面对拉尔科和葛拉丝的攻击时应该也能更轻易地避开吧。

不过，艾克蕾尔已经在喘粗气了。是不是因为她的病刚好，不适应剧烈运动呢？

“那我们就开始实战的剑术练习吧。”

拉芙塔莉雅和莉西亚都是用剑的，艾克蕾尔仔细地纠正她们握剑的方法，强调与敌人对峙的正确姿势。

虽然最早的时候武器店的大叔给拉芙塔莉雅讲过剑术的知识，但是之后就完全是随意发挥了。拉芙塔莉雅的剑术结合了魔法，可以出其不意给敌人造成打击，但是真遇到擅长剑术的对手，还是会陷入不利的局面。之前遇到的盗贼里就有个很强的家伙，当时也是陷入了苦战。

“那么，现在拉芙塔莉雅就和莉西亚来切磋一下看看吧。”

“……我有点不放心，不过你们就先试试看吧。”

莉西亚现在的基础数值让我很担心，但是万一她还有闪光点呢……希望有吧。

拉芙塔莉雅握住艾克蕾尔递过来的木剑，摆好架势面对莉西亚。

莉西亚还穿着玩偶服，把整个场面搞得一点都不严肃。

“我来了！”

“好……好的！”

拉芙塔莉雅沉下腰，按照艾克蕾尔教导的动作开始攻击莉西亚。

“唔啊啊啊啊啊！”

只是这么简单的攻击而已，莉西亚居然就被打飞——旋转着飞了出去。

喂喂喂……虽然知道她很弱，也不至于连自保都做不到吧。我还以为她多少能打个几下呢，这不是连一个回合都坚持不下来吗？

这问题可有点太严峻了吧。

“咦？怎么会……”

拉芙塔莉雅看看自己手上的木剑，再看看被打飞的莉西亚，反而有点不知所措了。

“你也得手下留情啊……”

“我没用力啊……结果她却飞出去了。”

这算怎么回事啊？我在莉西亚跌落之前接住了她，让她平稳回到地面。

“唔啊啊啊……”

“唔，莉西亚小姐和拉芙塔莉雅练习太危险了，盾之勇者阁下。”

我真想让她干脆放弃近战算了。她根本就没有这个才能啊。

但是如果现在就放弃，又好像是认输了一样不爽。

才能什么的，就用努力来弥补吧。

“是啊。”

不找到一个合适的方法，练习也很难进行下去。我来做对手总可以吧？

毕竟我是单纯的无法攻击，作为练习对手正合适吧。

问题反而是这样一来，我自己的练习就没办法进行了。

“盾之勇者阁下意下如何？”

“那就我来承受攻击，艾克蕾尔来攻击我试试看。”

“明白了。可以用全力吗？”

“虽然我不知道你有多强，但是如果你能突破我的防御，就尽管来试试吧。”

“了解。”

艾克蕾尔举起剑面向我。

“哈！”

哦？还挺快的。她的行动毫无多余动作，一拧身就加速冲了过来。她的攻击一下子就命中了我。

我用盾牌把她的剑尖挡开了。

“居然能化解我的攻击，不愧是勇者……那么这一招又如何呢？”

艾克蕾尔的剑持续不断地快速刺出。

我的反应要慢得多，看起来就好像同时有好几把剑在攻击我一样。

虽然不至于无法应付，但是要全部挡开应该也很吃力。在训练中使用技能好像也不太好，用反击类的盾牌反击她的攻击好像也会有意料之外的问题，总之我还是选择尽量躲避。

即使如此，也会有意料之外的攻击命中我的手腕或肩膀。

这就是对剑术有造诣的对手的攻击了。

虽然从基础数值上来看绝对是我比较高，但我却无法彻底应对。

“原来如此，看起来你的剑术是真的很高超啊。”

如果拉芙塔莉雅也能达到这种程度，真的会对今后的战斗很有帮助。

上次我们打不过强化后的葛拉丝，如果拉芙塔莉雅能更强大一些，也不是不能代替其他勇者与葛拉丝一战的。我从艾克蕾尔的攻击中看到了这种可能性。

“我只是基础数值比较高，所以一味化解而已，你不要介意。对了，艾克蕾尔。”

“什么事？”

“你的剑术能再附加其他特殊效果吗？简单来说，就比如用魔法剑什么的……”

“实际使用中是可以的。请接下这一击。”

女骑士伸手按在剑尖上，吟唱了一个魔法，举剑向我刺来。

魔法能量在剑刃周围固化，刺过来的剑整体变得像长矛一样粗。

好快！

我举起盾，间不容发地把这一剑向上磕开。

从触感上判断，就算被刺中应该也不会对我造成什么伤害。不过这是因为我比较与众不同，如果这一剑攻击的是魔物或者葛拉丝他们的话，应该是能造成伤害的。

“原来如此，还可以这样啊。”

“这是实用剑术。”

“那么……这种剑术里……有没有根据防御比例造成伤害的攻击，或者能够完全破防的攻击呢？”

听了我的问题，艾克蕾尔稍微思索了一下。

“我学习的剑术流派里是没有的。不过我也听过这类传闻。”

对了，这个世界的普通人类是不能像勇者一样使用技能的。

不过，与这类技能类似的必杀技好像还是有的。

拉芙塔莉雅配合魔法创造出来的魔法剑就属于这一类。

我记得……应该是叫作幻影剑什么的吧。

那是用魔法隐藏自己的身形，绕到敌人背后进行攻击的技能。另外拉芙塔莉雅本人可能是无意识的，也曾把魔力附着在剑上……就像刚才艾克蕾尔做的一样，剑身上会发出光芒。

在训练结束之后，她应该也能使用那种攻击手段了吧……

“阁下见过那样的攻击吗？”

“是啊，是从浪潮里出来的敌人使用的。如你所见，我是盾之勇者。能够突破防御的攻击是专门针对我的，所以我也想找出能解决防御比例攻击和破防攻击的办法。”

“原来如此……这就超出我的能力范围了。看起来我是没有什么东西可以教导盾之勇者阁下了。”

因为自己的无能，艾克蕾尔遗憾地低下了头。

“不要放在心上。我只能用盾战斗，情况本来就比较特殊。其他的勇者应该也要参加训练的，希望你把要教导我的部分也教给他们吧。”

“盾之勇者阁下的意思，我都明白了。”

她可真死板啊。

我开始担心那些妄自尊大的勇者能不能听进她的话了。

总之，我已经知道，艾克蕾尔确实有相当的水平。

拉芙塔莉雅如果能学到她的剑术，将会有很大的裨益。

“唔啊啊……”

问题是莉西亚……比起实战应用，她现在不提升基础能力才是要完蛋呢。

她能受到的等级提升辅助本来就少，再加上连接受训练的体力都没有……

虽然她本人还是很有干劲的，身体能力却跟不上……

“那么在其他战斗顾问到来之前，我就和莉西亚一起进行基础训练吧。”

“明白！我也会从基础知识开始教导莉西亚小姐。”

“唔啊啊啊……”

“不要发出这种丢人的声音，你会变强的。”

“唔啊——是！”

只有干劲比别人都多一倍。

就这样，我们一整天都在城堡的训练场地进行训练。

傍晚的时候，菲洛也背着基尔回来了。

“菲洛回来了。”

“怎么样了？”

“那个哦，跑到那边没多久太阳就要落山了，所以也没打多少哦。”

基尔整个人都瘫在菲洛背上，我看了看他的状态。

Lv14啊……这升级速度还是可以的吧。

“呜呜……好难受。”

“加油吧，难受才能变强。”

“拉芙塔莉雅也遭过这样的罪吗？”

拉芙塔莉雅曾经因为晕车倒下过。

虽然这是事实，不过拉芙塔莉雅可没骑着菲洛去打过魔物。

“没有吧？应该没骑着菲洛快速升过级吧？”

“咦？那为什么我要这样啊？”

从这次实验的结果来看，让菲洛带着升级还是挺辛苦的。

我很期待，不知道基尔要花费多少时间才能成为有效的战斗力呢？

“唔……肚子饿了。”

基尔的肚子传来咕咕声。

这是亚人独有的特征，是快速升级带来的身体成长。

“基尔你没事吧？”

拉芙塔莉雅也结束了与艾克蕾尔的练习，几步就跑了过来。

“菲洛，太勉强基尔可不行哦。”

“咦？”

对于菲洛来说，这种程度根本谈不上什么勉强不勉强的吧。

“总之，我们差不多也该去吃晚饭了。明天还是会很忙碌的吧？”

“是啊。按照艾克蕾尔小姐的说法，除了剑术，也要学习魔法，会相当忙碌呢。晚上休息之前，城堡里的人也会教授各种知识。”

“唔啊啊……我很擅长学习的。”

“嗯，知道了。”

那之后，菲洛和基尔可是在城堡里大吃了一顿。

就这样，训练的第一天结束了。

与卡尔米拉岛上的那几天相比，现在更像是在集训。

不过我自己初中高中都没加入什么社团，所以也只在动漫里见过集训的情景。

“这么说起来，其他的勇者好慢啊，他们在做什么？”

还是女王回答了我的疑问。

据说他们回来之后，就开始各自自由行动了。

据女王所说，他们倒是应该都还在梅尔罗麦克国内，但也太过我行我素了吧。

不是告诉过他们要练习的吗？

今天就算了，明天必须要正式开始练习了。

不知道能不能说服他们几个，我又开始担心了……

第六话 变幻无双流

第二天早上。

“盾之勇者阁下，女王陛下召唤。”

我睡在城堡的一个房间里，是被敲门的声音叫醒的。

“嗯……”

我磨磨蹭蹭地爬起来打开门，告诉士兵我知道了。

“早上好。”

“早……这一大早的，女王有什么事啊？”

拉芙塔莉雅已经起床了，还换好了方便活动的衣服。

莉西亚……都已经掉在了地上，还是沉睡不起。

居然能穿着玩偶服睡觉，她可真是了不起。反正企鹅柯的玩偶服也和睡袋差不多。

基尔趴在莉西亚身上，还打着呼噜。他也是掉下来的吧。

“拉芙塔莉雅在做什么？”

“我和艾克蕾尔小姐约好了早上要训练的。”

“是吗？莉西亚也去吗？”

“是的。莉西亚小姐，快起来，还有基尔。”

“唔啊啊啊……”

“呜呜……拉芙塔莉雅，我好困啊。”

莉西亚被拉芙塔莉雅摇醒，猛地坐了起来。

不知道为什么，总感觉她这个姿势好像有点做作。

“好啦，快点整理一下自己，要开始早上的训练啦。”

“唔啊啊……早上好。”

“早。我有点事要先去见女王，之后大家再会合，你们先去吧。”

现在的问题是，莉西亚好像又要和树见面了吧……

要是让她受到什么刺激可就麻烦了。

“拉芙塔莉雅，你多看着点莉西亚。”

我招招手让拉芙塔莉雅凑近点，在她耳边叮嘱了几句。

“如果看到树他们也来了，就尽可能让莉西亚离他们远一点，别搞出事来。”

“明白了。你们两个，我们要走啦。”

“好的……”

“好困……”

我不再管拉芙塔莉雅和那两个没睡醒的人，先离开了房间。

“一大早有什么事啊？”

我来到王座所在的大厅，直接问女王。

“是这样的。昨天不是提到过寻找战斗顾问的事吗？”

女王这家伙，不会一整晚都在忙着做什么事吧？

她脸上都现出疲劳的神色了。

“是啊……”

“我们去委托某个人，已经得到了肯定的回应。”

“哦……是什么人啊？”

“虽然这位大师年事已高，却曾在过往的战争中建立过其他人无法匹敌的功勋。如果她愿意来，一定能带领包括岩谷阁下在内的勇者们达到更高的境界。”

这个国家居然还有这么厉害的人啊？

我都没听说过呢。我的脑海里浮现出一个世外高人的形象。

我们要和这样的人学习武术……然后变得更强吗？

可不能因为等级足够高了，就看不起练习啊。

“她所属的流派叫作变幻无双流。”

好奇怪的名字，好像过时的打斗漫画里会出现的东西。

看我脸上露出微妙的表情，女王开始给我解释。

“关于这个流派有很多传说，据说他们曾经解决过本来只有勇者才能够解决的问题。”

“唔……”

“据说他们的实力不亚于七星勇者，而这位大师就是这个流派最后的传人。”

“为什么这样的流派没有发扬光大呢？”

“这我就不清楚了。这个流派的谜团也很多……”

这个世界上居然有这种流派，就像漫画设定一样。

“这些说法可信吗？”

“是的。我小时候也曾亲眼见过大师在战场上杀敌的英姿。”

唔……总觉得更不可信了。

现在都只是道听途说，不亲眼看看也不知道有几分真实性。

“其实之前她就在卡尔米拉岛深处修行，因为来不及赶回来才没能参加上次的浪潮。浪潮结束后，她也很关心下次浪潮是什么时候，我们就趁机邀请她，也得到了她的回应。”

“啊？”

“如果当时她也在场，可能结果也会不同吧。”

能得到女王这样的评价，那家伙到底是什么人呢？

这么说起来……我环顾了一下四周。

“其他的勇者呢？”

“天木阁下去打魔物了还没回来；川澄阁下没起床；北村阁下好像正在泡澡。”

这几个家伙太散漫了，我都不知道应该说什么了。

“天木阁下应该中午就能回来。”

“为什么单单把我找来？”

“这个……其实是因为只有岩谷阁下一个人响应了我的召集。真是非常抱歉。”

唉……头疼。也为一大早被叫醒的人考虑一下吧！

算了，反正拉芙塔莉雅她们也要早起，我肯定会被吵醒。

“那么，这个厉害的家伙什么时候到呢？”

“她乘坐的船应该是昨晚抵达梅尔罗麦克港口的，按照预定今天下午应该就能到了。”

也就是说，她坐的应该也是我或者元康他们那班渡轮。

居然还有那么厉害的人……总之不亲眼确认一下，说什么都还太早。

就在我们谈话的时候，士兵开门进来对女王汇报：

“战斗顾问已经抵达了。”

“好快啊。”

“是！据说是赶夜路来到城堡的！”

士兵行了一礼，说明了情况，女王礼貌地对他致谢。

“那她现在已经在门外了吗？”

“这个……”

见我和女王都摸不着头脑，士兵便把战斗顾问的具体去向告诉了我们。

“哦哦，这孩子真是百年难得一遇的人才啊！”

“唔啊啊啊啊啊啊啊！”

……在见到战斗顾问的同时，我就按着额角犯起了头疼。

我们此刻身处的地点是城堡的训练场。

为什么会有一个婆婆正在莉西亚身上摸来摸去？

而这个婆婆，正是我到处做生意的时候，那个因为卧病不起，被我亲手喂过一次药的婆婆。

后来的浪潮中，就是葛拉丝第一次出现的那一回，她还拿着一把锄头，在浪潮涌出来的魔物里大杀四方呢。

一开始，我心里是默默地叫她老婆婆的，但她实在是过于精力旺盛，所以后来我就叫她婆婆了。

婆婆的儿子也在，他的装备倒是挺豪华的。

婆婆还穿着中国风的道袍……难道她就是那个变幻无双流的战斗顾问？

“哎呀，圣人阁下，真是好久不见了。”

“……我还是确认一下吧，你就是战斗顾问吗？”

“正是鄙人。”

我果然就不应该问，真不愿意接受这个事实。

其实我也不是不能理解，只是我脑子里自动在抗拒而已。

“我这条老命是圣人阁下救的，应该为拯救世界尽一分力。”

“啊……嗯，这个我明白。不过你为什么要抓着莉西亚？”

“圣人阁下不知道吗？这个人有不同寻常的资质，甚至足以成为我的继承人呢。”

“唔啊啊啊啊啊，尚文先生，救救我啊啊啊啊。”

我干脆忽略了吵吵嚷嚷的莉西亚。她居然很有资质吗？

“对了，你来做战斗顾问的话，等级是多少啊？我记得你之前说过等级和年龄是一样的吧。”

“那之后因为重新找到了以前的感觉，经过锻炼之后等级又有提升，现在已经是Lv 95了。”

Lv 95！这可太高了吧！

“我本来是想升到分界线的Lv100之后再来找圣人阁下的，不过既然圣人阁下有需要，我就没继续练级，直接过来了。”

这个世界的等级界限是Lv100吗？

我们现在是Lv70后半段。已经离界限不远了吗？

所以现在才需要学习技术吧。

看起来再不认真一点，情况可就有些危险了。

“这样啊，Lv100是界限等级啊。”

“虽……虽然是这样没错，不过传说中是有提升等级上限的方法可以突破这个等级的。”

莉西亚补充道。有个博学的家伙在身边真是方便啊。

出于各种原因，我对这个世界没什么了解，拉芙塔莉雅她们也不具备相关的知识。贵族真是不一样呀。

“那四圣勇者呢？”

“好像不受这个限制。”

原来如此……也就是说，传说的勇者可以超过Lv100。

另外，虽然有能够突破这个等级限制的方法，但是现在已经失传了。

“对了，拉芙塔莉雅去哪儿了？”

“她在那边呢。”

艾克蕾尔疲惫地抬手一指，我看向她手指的方向。

拉芙塔莉雅正浑身无力地坐在那里。

她怎么了？虽然我也大概猜得到。

“没事吧？”

“啊，是的……那个老婆婆突然在我身上摸来摸去，还擅自说什么承认我可以做她的正式传人……”

“她好像真的挺强的。”

她的等级也远高于拉芙塔莉雅，虽然不知道具体数值是什么水平。

“我都来不及做什么就被按住了，就算用上所有的力气也是纹丝不动。”

“那可真是挺厉害的。”

大概是擒拿技巧之类的吧？遗憾的是我对这个没什么了解。

毕竟我在原本的世界里只是一个典型的宅男，最多也就是看过一点描写格斗技的动画而已。

不管怎么说，能够完全压制拉芙塔莉雅，肯定是非常有实力的吧。

“圣人阁下应该是明白的吧，系统魔法这东西，最多也不过就是为了取得战斗胜利的素材而已。真正的实力还是由经验和资质决定的。”

“是吧。”

就算拥有再强大的力量，如果没有能够运用这份力量的能力，在实战中也是毫无用处的。

甚至还有可能力量越大越反受其害。

经历过这么多的战斗，我对这一点是心知肚明的。

等级很高，实战中却很弱的家伙到处都有。其他勇者就是这样。

无法用等级评估的地方，才决定了一个人是否真正强大。尤其是现在，我们已经知道等级是有上限的，不管算不算是投机取巧吧，最后肯定是需要掌握更先进的技术的。

“对了，你是用什么武器的？”

她之前战斗的时候拿的是锄头。如果她现在也掏出一把锄头说那就是她的武器，就把她赶走吧。

“变幻无双流是没有指定武器的。”

“什么？”

“任何东西都可以成为武器，用于歼灭敌人的万能战斗术，这就是变幻无双流了。”

……也就是说锄头也是武器。不需要挑选武器的流派，到底是什么样的呢？

“那么圣人阁下，你要不要亲身体会一下我有多么强大呢？”

“我倒是也可以做你的对手，那你要用什么呢？而且我也没有攻击的能力啊。”

“那我就用木棒吧，算作是让你的。没关系的，圣人阁下，你只要能接住我一击就可以。如果一击没能打倒你，那你尽可以说我浪得虚名把我赶走也没关系。”

婆婆一边说一边折了一段树枝，面向我摆好了架势。

我暂且把盾牌形态切换成了防御力最高的噬魂者盾。

“要来咯。”

一瞬间，婆婆已经冲到了我的面前。

好快！比昨天艾克蕾尔的动作还快。

虽然还比不上葛拉丝，但是她的动作明显要好于拉尔科。

不过，我还不至于跟不上这个速度。

在婆婆的树枝还没有碰到我的盾牌之前，我故意把盾牌稍微向前推出一些。

这样做能够显著降低敌人攻击造成的伤害。

“不愧是圣人阁下，已经很适应战斗了，那么这一招又如何呢？”

咚的一声响，婆婆手上的虽然只是一根木棒，但是盾牌上还是传来剧烈的冲击。

“咦？”

紧接着，一股奇怪的感觉从拿着盾牌的手臂传到了我的身上，最后来到腹部……我感受到与腹部被直接攻击同样的冲击力。

“唔呃……”

刚才是怎么回事？不，我记得很清楚。比起那股莫名的感觉，我体会到了更真实的疼痛。

“这是变幻无双流表现形态之一的‘点’。本来是专门对付穿着坚固盔甲防护身体的人的，应该不会给圣人阁下造成太严重的损伤。”

我努力集中精神，开始吟唱恢复魔法。

“中……中级·治愈。”

只是木棒就有这么大的威力……我能想到的就只有防御比例攻击了——

对我来说，是可能会造成致命伤害的攻击类型。

树的猎鹰刺击很可能也有着相似的性能。

但是那家伙的攻击我完全可以伸手抓住直接抵消，婆婆的攻击却让我束手无策。

“不过……圣人阁下应该也知道这一招可以趁势反击吧。”

“可以的吗？”

“没错，还是请圣人阁下亲身体会吧。”

“……明白了。”

我现在已经知道她非常强了。

如果她是敌人，倒也不是说我们就一定不能战胜她，但是作为战斗顾问则是非常优秀的。

既然她愿意帮忙，我们更没有理由拒绝。而且，她应该掌握着我想学习的那种防御方法。

如果拉芙塔莉雅她们能学会这个能力，也是对战斗力的极大提升。

“具体应该怎么做呢？”

“这个攻击形态是把气灌入对手体内，利用对手本身的强硬之处制造冲突。”

“啊……”

我脑海中浮现出把弹珠扔进陶罐里不停摇晃的场面。

理论上来说应该就是这么回事吧。

不停摇晃的话，最后陶器就可能会被震碎吧。不过陶器里面是空的，我可不是，所以受到这样的攻击之后，在身体裂开之前，内部就已经被破坏了。

“要想避开这类攻击造成的伤害，有个简单的方法，就是专门创造出一块柔软的部分，把那股破坏力引导出去。”

“原来如此。”

也就是说，要在那股力量开始暴动之前就把它排出去。

比如说陶瓷的小猪储蓄罐，挖一个洞，在开始摇晃之前就把内部的东西拿出去。

这又不是那种漫画……真能做到这一点也是很玄幻的了。

反正我已经又是召唤盾牌，又是张开结界的，事到如今才来质疑好像也有点奇怪。

“道理我已经明白了，但是想要实际做到这一点好像很难。”

能不能像设想的那么顺利也是未知之数。

而且这个婆婆也是相当厉害的对手。

“我明白了，我认可你做我们的战斗顾问。”

“那就多谢了。目前就以各位勇者阁下和这孩子作为训练的重点吧。”

“明白了。总之，你就和教导剑术的艾克蕾尔配合，多教我们点东西吧。”

我伸手一指，艾克蕾尔就对婆婆行了一礼。

“居然能请到传说中的变幻无双流的老师来做顾问……身

为晚辈我也希望能有机会接受您的教导。”

“哈哈哈！我的训练可是很严格的哦。你能跟得上就尽管来吧。”

“不管遇到任何困难我都会尽全力跨越的。”

“你自己也是教员吧……”

为什么连艾克蕾尔也变成学员了？你不是应该去教导拉芙塔莉雅用剑吗？

另外，不知道是不是一下子出现了太多陌生人，让基尔感觉到了危险，他的尾巴都缩成一团了。

真是个像小狗一样的家伙。

“你也想变强吧？我也会一起学习的，所以一定要认真。”

要学习新东西，这可是个好机会。

就算等级最终会在Lv100停滞，学会武术也能变得更强。

我必须让拉芙塔莉雅不断地变强，就连莉西亚也是一样想变强的。

“那么，从今天开始就要严格训练！”

“知道了。”

“唔啊啊啊……”

“其他勇者还没来吗？”

我顺便也跟婆婆讲了一下现在的情况。

如果她想教导莉西亚的话，就尽量不要让她和弓之勇者碰面比较好。

婆婆不是八卦的人，根本没问具体原因，直接表示明白了。

“对了，菲洛去哪了？我还想让她吃完早饭带基尔去练级呢……”

不过，吃饱了就骑菲洛应该会吐吧。

基尔吓得浑身一颤，躲到了拉芙塔莉雅的身后。有这么不情愿吗？

“是不是去找小梅尔媞啦？”

“多半是吧。去把她叫回来，让她带着基尔去练级。”

“用盾的哥哥！求你了！别这样！”

啊，基尔这家伙，可能是和我混熟了吧，现在已经不叫我勇者阁下了。

“那你就不能变强了哦。”

“唔……不经过那么难受的过程，就不能变强吗……”

“虽然我觉得应该也不至于。”

“基尔现在还是应该先提升等级，这边的训练之后再说。”

考虑到昨天的情况，这样安排也是合理的。

等级低的家伙即使再怎么锻炼，也只能得到一点技巧。

虽然那也是很重要的，但是这个训练也不是只有现在能做，等我们先接受训练，之后再教他也不晚。

“等菲洛回来就叫她带你走。在那之前你就留在这里训练，可以吧？”

“我……我知道了！”

基尔也同意了。

就这样，在早饭开始之前，我们就在训练场上接受艾克蕾尔和婆婆的指导，进行基本的训练。

总之，婆婆也开始了她的演讲：

“变幻无双流是为了让弱者能够获得超出常理的力量，从而打倒强者而诞生的流派。”

要想学会变幻无双流，就必须要先学会如何操控被称为“气”的生命力量……这个概念在过去的漫画里倒是经常出现。

“气啊。”

和SP不一样吗？好像是不一样的吧。

“不过，勇者们因为受传说武器的影响，会直接以最基本的形态吸收掉气所带来的能力提升。”

“那我就学不会了吗？”

“倒也不是这个意思。虽然勇者们不能用变幻无双流的技能，但还是可以在战斗中受益的。”

“嗯？这是什么意思？”

“就是用于强化勇者们自己专属的技能……这在变幻无双流的传承中也是真实发生过的。”

这是……在系统范围之外强化技能，她是这个意思吗？

也就是说，我也可以做出比现在更坚固的气波盾之类的吧。

“原来如此。”

还是有学习的价值啊，只是会比拉芙塔莉雅她们的效果差一些吧。

“另外还有一点很重要的，出于同样的原因，变幻无双流也能应用在其他流派的技能上。”

“你刚才说不挑选武器，也是这个意思吧。”

“没错。与之相对的，要把这个技术发扬光大就有必要另外学习其他技术。打好了基础，也理解了真意，之后再去学习适合自己的武术才是最好的。变幻无双流就是这样的流派。”

呃……我整理了一下婆婆的观点。也就是说，变幻无双流虽然有独特的攻击方式，但是想使用武器攻击的话，多半要依托在其他流派的技法上。

所以，其他流派的人更有可能发挥出强大的攻击力？

用实际用来攻击的魔法和强化某种效果的技能来打比方的话——

技能是变幻无双流，魔法则是其他流派。

比如拉芙塔莉雅吟唱了初级·隐藏的魔法，我吟唱了气波盾，这个合成技能最终以隐藏盾的形态呈现，技能效果就是做出了一面看不见的盾。

但是菲洛吟唱了中级·飓风，我同样也是吟唱气波盾的话，得到的合成技能是能把敌人吹飞的飓风盾。

气波盾本身的存在是有意义的，也有它的职责范围。

但是其他的流派也可以使用，而且作为合成技能也有其存在的价值。

就是这么回事吧。

变幻无双流与其说是一个流派，更像是一种理念，不拘泥于使用什么武器也是这种理念的体现吧。

入门学习变幻无双流，达到一定水平后再参考其他流派锻炼自己，高水平的人则会领悟到变幻无双流的奥义……婆婆就是这么说的。

“这是攻击的基本。要闪避的话又有另外一套流程了。”

“嗯。对了，你之前说莉西亚有资质，又是怎么看出来的？”

“这就是重点了！这孩子凝聚气的资质比普通人高一倍！”

“莉西亚吗？”

“唔啊啊啊啊！”

婆婆一碰莉西亚，她就发出了惨叫声。

“首先要教会她很容易学会的表·变幻无双流，之后我准备再教她里·变幻无双流。”

“表？里？”

“基本上来说，在能使用多少气这一点上，表里之间就有很大的差别了。只不过，虽然人人都能学习表的技能，但要学习里就必须有相应的资质。”

也就是说，没有这个才能就别妄想了吧。想光靠表就变强……好像也是有点难度的啊。

“我和拉芙塔莉雅有这个才能吗？”

“圣人阁下是勇者，所以我也不是很清楚，但我认为拉芙塔莉雅学徒是有的。”

好难懂啊，而且也很麻烦。

不过，通过刚才的那一次攻击，已经可以得出结论，我必须要学会这门技术才行。

至少也要学会抵消防御比例攻击和破防攻击的手段，必须在与葛拉丝和拉尔科他们对战的时候占据有利形势。

“差不多也该吃早饭了。婆婆，你能把刚才的这些话也对其他勇者们说一遍吗？”

“我当然会这么做的。”

“对了，要学会这个流派有什么条件？”

“如果是正式学习的话，需要到山上闭关。就算是有才能的人，要想完全理解变幻无双流的概念，最少也得闭关一个月。”

一个月……两周之后就是浪潮，现在是来不及了。而且这还是最快的情况吧？

“那普通人呢？要想正式学习的话？”

“至少也要十年吧。”

这根本做不到啊！只是学个基础就已经拼尽全力了吧。

还有许多其他事……虽然一直闭关直到被浪潮传送也是可以的，但是要做的事情太多了。

算了，反正也可以等到浪潮结束之后再继续修行的吧？

“我明白了。勇者有更方便的移动手段，到山里闭关也是可以考虑的。”

就这样，大家准备去吃早饭了。

第七话 学不会？

“这……就是你们的理由？”

吃完早饭后，婆婆开始教授勇者们战斗的技巧。

结果，其他勇者却纷纷提出要退出。

我和女王、艾克蕾尔、拉芙塔莉雅一起，在城堡的庭院里叫住了那三个准备离开的勇者和他们的伙伴。

我让莉西亚到城堡图书馆去学习了，直到变幻无双流的婆婆叫她出来为止。

毕竟我不想让她和树他们碰面。

我让菲洛带着基尔出去了。虽然基尔不停地喊叫，但我没听清他喊的是什么。

“我们的等级已经够高了，对于战斗也很习惯了，没有这个必要。”

“比起这些投机取巧的技术，还有更根本的问题需要解决吧？我们可没有那种闲工夫。”

炼说得斩钉截铁，元康则是一边回答，一边转着手上的枪。

“是啊，根本没有必要把时间花在这种事情上啊。我们需要的是更强大的武器。”

也就是说他们觉得自己这么弱是因为武器不好？

炼好像是已经有了什么想法，所以才说没有必要。

“而且还有更根本的问题吧？”

“元康，你说的是？”

“用气战斗的都是赤手空拳的人吧？不应该是用枪的。”

“你说什么呢，应该是僧侣职业吧？就是不能用剑的那种。”

“是修行者吧？虽然也不是不能用，但并不是专用武器。”

我得用自己的知识储备来消化一下这几个人的意思。

在网游里，根据职业的不同，每个人能装备的武器和可以使用的技能也是不同的。

看起来在这几个人的概念里，因为他们不是用气的系统的职业，所以没有必要学习，好像是这个意思。

可是，从某种意义上来说，能学不是额外收获吗？

这几个家伙虽然说法各不相同，但是间接证明了他们都知道气的概念。

也就是说，很可能也有气的相关技能。

强化武器的时候也是这样，只要假设他们说的都是真的，就很容易看懂了。

“我们是勇者吧？所以才能学会不是吗？”

“不不不，肯定是学不会的吧？武器的系统都不一样啊。”

“没错。恐怕这是七星勇者里的爪和护臂之类才能学的吧。”

我倒也不是不能理解，元康和炼的逻辑是说得通的。

如果有人告诉我元康能学会炼的技能，那我也会先怀疑吧。

类似元康嘴里喊着“流星剑”，手里的枪也变成了剑，大概就是这样的感觉吧。

但是，按照婆婆的理论，这个技术是不限制武器的。

玩游戏时养成的那种“学不了”的自我限制，还是摒弃掉比较好。

说不定还能学会其他系统的攻击呢。

如果能实现，不知道有多好。我一定要尝试一下。

“看起来盾之勇者阁下和其他三位的想法有所不同啊。”

艾克蕾尔也困惑地看着其他几位勇者。

“你是谁啊？”

炼瞪着艾克蕾尔。看来他们几个心情不太好啊。

连续在浪潮之战中战败，就这么不甘心吗？

好像直到现在，他们还认为我在作弊呢。

“我吗？我和变幻无双流的老师不同，我是负责教导剑术的艾克蕾尔·赛阿尔特。”

“剑术？哼。”

“……有什么问题吗？”

艾克蕾尔气愤地向前一步。

“和比自己弱的家伙学些投机取巧的技术，又能有什么用？我只是觉得，你应该先去升升级而已。”

“哦……看起来剑之勇者阁下对自己的剑术很有信心啊……所以不愿意跟我学习剑术吗？”

“艾克蕾尔，你冷静点。”

“盾之勇者阁下，很抱歉。我对于自己的剑术也是有些自信的，绝不允许有人轻视这一点。”

啊……这就是所谓的习武之人吧。是被触碰了不能触碰的底线吧。

“可以啊。既然你有这个要求，我就奉陪。可别后悔哦。”

炼握住剑柄摆出姿势，他的同伴都很担心地看着这边。

元康和他的伙伴，包括贱人，都是冷眼旁观的态度。

树和伙伴们都打起哈欠了。真是毫无干劲啊。

不想学的话就赶紧走啊！要是你们的缺点传染给拉芙塔莉雅她们怎么办？

“我国的骑士艾克蕾尔和剑之勇者天木阁下进行练习赛……都准备好了吗？”

女王向前一步，开口说道。算了，就算不管他们，他们也是要打一场的。

既没有规则，也不会手下留情，甚至可能会受重伤。

“那么，双方点到为止，彻底压制对手，确定能给对方制胜一击的一方获胜。请不要做出真正伤害到对方的攻击。”

“知道了。”

“感谢女王陛下的慈悲。”

炼拔出剑，艾克蕾尔沉下腰，也拔出剑应对。

“啊，可以再增加一条规则吗？”

“什么？”

“艾克蕾尔是不能像勇者一样使用技能的，所以禁止使用技能……另外虽然我不知道艾克蕾尔能不能用，魔法的使用也禁止，就单纯用剑来战斗，可以吗？”

这样一来谁的剑术更高超也会一目了然。

正好可以让我确认一下，炼所谓的投机取巧的把戏到底能对战斗有多大程度的影响。

“明白了。”

“招式是可以用的吧？”

炼也同意了。

哦，难道说除了技能以外，他也熟悉了这个世界的人惯用的攻击方法了吗？

“可以吧。”

“那么，比赛……”

女王举起手上的扇子，向下一挥。

“开始！”

发出信号的同时，艾克蕾尔和炼的剑已经碰到了一起。

“哈！”

“来吧！”

短兵相接之后，双方各后退一步，又挥剑攻击。

炼的动作果然很快，他不停地挥剑砍向艾克蕾尔。

只是艾克蕾尔好像已经看穿了炼的动作，总是在巧妙闪避之后进行攻击。

炼用剑身强行挡开艾克蕾尔的剑，躲避的姿势相当勉强。

一开始还像练习剑道一样小步移动，到后面就是大幅跳动了。

“你比我想象的要厉害啊。”

“我擅长的也就只有剑术了。那么，剑之勇者阁下，再用些力气来进攻吧！”

“真敢说啊！那我可就要认真一点了！”

炼一边说，一边突然劈下一剑，紧接着回手一剑，划出了一个V字形。

燕返？虽然我没什么剑术方面的知识，但看起来就是这样的感觉。

不过……这个动作看起来就像小孩子在打架，他的攻击好像也没什么力度。

艾克蕾尔用剑身挡开炼的攻击，回手一剑横着削向炼的脸。

“啊？”

炼一脸吃惊地迅速蹲下，为了躲避这一击失去了平衡。

艾克蕾尔没有放过这个破绽，挥剑斩下。

炼看到对方的剑挥来，拼命向后退。

“哈！”

炼好不容易重新调整好姿势，自上而下斩下一剑。

向右错开半步的艾克蕾尔踏前一步，举剑前刺。炼的身体后仰，结果仰过了头，只能转身背对敌人迅速地拉开了双方的距离。

这是什么招式啊？太难看了。艾克蕾尔看到他这个举动也是哑口无言。

我感觉炼已经渐渐陷入了完全防守的境地。

“哦……居然能躲开我的攻击，有意思。”

“嗯？等一下，剑之勇者阁下，你刚才躲避的行动有什么意义吗？看起来异世界的剑术还挺奇怪的啊。”

艾克蕾尔不给面子地问道。

我也觉得挺奇怪的。哪有人转过身跑的啊——敌人会从后边砍的呀。

双方的战斗伴随着对话还在继续。

或者说现状是……艾克蕾尔完全压制吧。

艾克蕾尔已经不再斩击和横劈，而是主要以突刺的方式进行攻击。

炼则是不停地转来转去、跳来跳去地躲避……这算什么啊？就连我都看得出来，他现在是尽可能地在和艾克蕾尔拉开距离。

“哈！”

为了拉开距离，炼突然向后跳出去。

后退这么一步是有什么意义吗？

“天真！”

炼本想后退一步拉开距离，但是艾克蕾尔直接冲到了炼的跟前。

剑尖指向炼的胸口……

“别妄想了！气波冲击！”

“唔……”

炼的剑发出光芒，把艾克蕾尔的剑击落在地。

“哼。居然逼得我用上了技能，你也是挺厉害的嘛。”

“你违反了规则，是你输了。”

虽然只是练习，我还是走到他们两个人中间说道。

虽然他还在装模作样，但是规则就是规则。

“我只是给她个面子而已。”

“在我看来，就是你剑术比不过人家，所以想钻空子……”

艾克蕾尔应该也对炼的做法不满，一脸气哼哼的样子。

“反正不能用技能这个规则只是尚文说的。”

“你的意思是艾克蕾尔用魔法也可以咯……”

不管怎么看，都是明知道自己要输了而故意选择违规的吧。

就像是想说:你能逼得我用技能，我承认你很强。

你就没发现这样更难看吗?

“实际战斗中又不会有什么规则！”

“啊啊，是是是。这个就先别争了。”

就连元康和树也都看呆了。

“正因为你等级低，所以我稍微认真点就会这样了。继续变强吧。”

“……剑之勇者阁下，你想说的就只有这个吗？”

艾克蕾尔整个人都开始颤抖了。看来是生气了吧。

我明白她的心情。她刚才也说过，她的生活里只有剑术，在这种情况下，认为对方是看不起自己也很正常。

“怎么？”

“我本来还以为你是使用异世界的剑术才与你一战，结果只是利用更高的能力压制而已。老实说，剑之勇者阁下身上没有任何值得我学习的东西。”

“你会这么想，是因为你还不成熟。等你再强大一些自然就懂了。”

“是吗？我倒是觉得不成熟的是你才对……”

听我这么说，炼一脸怒气地瞪了我一眼。

“我以前在游戏里，还打赢过别的游戏里数一数二的玩家呢！我怎么可能不成熟！”

“你在说什么呢？”

“尚文之前不是说过吗，在别的游戏里管理过顶级的公会。”

啊，我之前确实和炼他们提到过这件事。

当时在讨论浪潮时的编队功能，以及有没有团队战斗的经验什么的。

“都是一样的。我用剑的水平是一流的。”

“那个……我有没有公会战和团队作战的经验，和你的战斗经验根本就不是一回事吧？”

虽然炼为自己打败过其他游戏的顶级玩家而自豪，可是套入现在的情况根本毫无意义啊。

我就是个很好的例子。

不管怎么说，我在原来的世界里确实管理过公会，公会在游戏里的排行榜上，也确实名列前茅。

但是，这是我一无所知的异世界。按照炼的想法，他是完全把这里当成以前自己玩过的游戏了。

即使规则都是已知的，要求每战必胜还是比较勉强。

也不是赢不了，只是各种细节的不同，说不定就会导致他无法做到原本能做到的动作。

那么在这样的情况下，还能发挥出原本的能力吗？

比如现在我受到盾牌的限制，和原本世界玩游戏时的战斗方法就不同。

在这种情况下，怎么可能一下子就获得战斗的胜利呢？

即使知道如何操作，也还有能不能适应的问题。很多人在某一个游戏里是顶尖的，去玩别的游戏时却变成了普通水平。

“没什么不一样的。”

“明明就有啊。在游戏知识这些方面不太了解就会输给你吧。而且我虽然有经验，也没说过就一定能派上用场吧？”

“哼。”

“哼什么哼啊？既然你对自己的胜利很自满，那你敢说当时的场面是对方更有利吗？”

听我这么说，炼就偏过头抱起了手臂。

这是什么态度啊！肯定是在对他有利的情况下打赢的吧。

真不知道他这良好的自我感觉是怎么来的！

“你在对方擅长的游戏里赢了再去骄傲吧，真是毫无意义。”

“没错！这次我同意尚文的意见！打赢别的游戏玩家有什么可骄傲的。”

“虽然心怀不满，但是我也同意……根本就是别人玩的是新游戏，你自己玩得更久而已，有什么脸说自己更擅长啊？”

看到元康和树都支持我的意见，炼不高兴地皱起眉头。

“你们是因为没玩过VR游戏才会说这种话的！”

“这种漫画里才会出现的东西，我怎么可能会玩过！说起来，你既然这么看重这件事，在你的世界里……你打败的那些人，他们玩的游戏莫非比你玩的游戏更有名？”

这是可以从炼透露的信息里推测出来的。

和名人对战还打赢了，所以他才那么骄傲吧。

看到我和元康的反应，炼好像意识到情况对自己不利，又把矛头转向了艾克蕾尔。

“总之，是你太弱了！”

“你说什么——”

在艾克蕾尔开始怒吼之前，女王走到双方中间，严厉地看着艾克蕾尔。

“别让赛阿尔特的名字蒙羞，冷静点。”

“……非常抱歉。”

“总之，请各位勇者把这件事情看成是对你们最重要的一项委托。请和我国的战斗顾问一起……进行战斗练习，这是下次浪潮来临之前的课题。开会的时候我们应该已经讨论过了，互相配合是很重要的。”

女王非常强硬地把话题做了个总结。

必须解决除我之外的勇者过于弱小的问题，不然就连本来能做到的事情都要做不到了。

“当然，除了练习之外，你们的行动，我们也都会认可。”

我的目的就是让另外三名勇者变强。现在只能强制性地让他们加入了。

一脸愤怒的勇者和他们的伙伴……希望他们能认清自己已经无法逃离的现状吧。

现在最重要的就是合作。

就这样，我们开始跟随变幻无双流的婆婆修行。

“进山闭关是要去哪里啊？”

“我们要到深山里，去进行感知气的修行。步行需要几天，如果乘坐马车或者菲洛鸟拉的车，也需要一天路程。好了，各位勇者们，我们出发吧。”

我们收拾好行李，出发去修行。

我们乘坐着城堡方面安排的菲洛鸟车，向着大山深处进发。

修行开始的第一天……到了晚上就用传送移动，所以没有安排住宿的地方。

据说附近就是龙的栖息地，我们偶尔也会遇到。

勇者们都在，只要我先去控制住龙，要打倒它也并非什么难事。

虽然都是龙，但是这里并没有像我们打过的龙僵尸那么大体型的个体，一般也就是两米左右，最长的不会超过三米。

虽然除我之外的勇者都很弱，但是面对更弱的龙，也不至于被对方反制。

最后，我们来到了目的地的深山中……这是一片有瀑布的山谷。

现在马上就要到傍晚了。

“我们就在这里做感知气的训练。好了，各位，深呼吸，盘腿坐下。”

“盘腿……也太俗气了吧。”

元康没什么干劲，一边说一边在石头上坐了下来。

从刚才开始就一直在抱怨，你自己才俗气吧，一点都不帅。

“好麻烦啊。”

贱人大声地唱反调。

一个影突然现身，在贱人耳边低声警告了她几句，她才恨恨地在元康身边坐下。

总之，其他人也都一边抱怨一边照做了。

“尚文大人。”

“呼……”

拉芙塔莉雅也有样学样地坐下闭上眼睛，开始深呼吸。

我也坐下，开始集中精神。

就算说要集中精神……到底要我们坐着感觉什么呢？

说到底，气又是什么东西呢？

我觉得应该和魔力不同吧。艾克蕾尔也用剑释放过闪光，这个概念应该指的是实际存在的东西吧。

只要弄清楚气是什么，就会学得更快吧？

只有勇者才有的元素……SP……和气应该不一样吧？

SP……作为恢复道具的魂愈水，一般人好像会用来恢复精力或者帮忙集中注意力。

勇者则可以用来恢复SP。

莫非气就是SP？

话说回来,SP又是什么呢？灵魂力量点数的简称吗？

……我有点想不通。

是不是和学习魔法的时候一样呢？

那时候我是摸了首饰商人的那块碎片之后，才感觉到自己体内的魔力。现在给物品附加魔力的时候，都好像是身体内有另外一只手在使用魔力。

使用魔法的时候也是类似的感觉。

如果活用这个概念，是不是也可以用同样的方法使用SP呢？

我尝试着像使用魔力一样去使用SP。

就这样胡思乱想地过了三十分钟。

“好了！这次的打坐就到这里吧！”

婆婆拍着手宣布坐禅结束。

“真是的……这么做到底有什么意义啊？”

元康还在不满地发牢骚。

到底是毫无意义的时间，还是可以自省的时间，也是因人而异的。

炼和树可能也跟元康一样吧，都很烦躁的样子。

“那么接下来就是切磋的时间了。各位勇者，来和老身分个胜负吧。”

婆婆抱着手臂说道。那些勇者大概觉得这个婆婆太莽撞吧。

可能他们都怕麻烦，几名勇者互相用眼神角逐，来决定从谁先开始。

唉……真是没办法。我走上前举起手。

“我是第一个。”

“那么圣人阁下，我们就稍微切磋一下吧。”

“嗯。”

我把盾举到身前。

婆婆右手拿着一根木棒，左手伸向后方。

“哈啊啊……”

我刚刚看到她腰身向下一沉，她整个人已经冲到了我眼前。

我早知道会有这么一下子，对方速度虽然很快，但也不是无法应对。

我用盾挡住了婆婆的攻击。

最大的问题反而是，婆婆的攻击是防御比例攻击。

某种奇怪的东西从盾牌传来，沿着我的手臂袭向胸口。

我记得是应该制造一个弱点引导它离开吧——

我让魔力在身体里巡回，把婆婆灌入的东西向外引导。

唔……好难啊。我集中精神，总算成功地让那东西从肩膀附近流出去了。

“不愧是圣人阁下。那么这一招又如何呢？”

婆婆连续用木棒戳刺。

我可以感觉得到，每一击都是一次防御比例攻击。

唔……这我可就应对不过来了。

“唔呃……”

我感觉腹部好像被人殴打了一样，伸手按住了肚子。

来不及一招一招应对了。

不过，这应该已经是婆婆手下留情的结果了。就连第一次攻击，如果她用上全力，我应该也应对不了的。

“你的想法是没错的，不过实际的操作完全不对。”

“什么？”

“只凭魔力是不够的，还需要引入生命力量。”

不，我就是不知道别的力量才只用魔力的。

这样一来，必须要像体会魔力那样体会到气才行了。

那之后，婆婆和所有勇者都做了练习。

炼、元康、树……全都跟不上婆婆的速度，受了一次攻击。

到了这个地步，这几个勇者才终于被婆婆的能力震惊了。

但是，对于输给婆婆这件事还是要抱怨个不停的。

这几个家伙怎么回事？从开始修行就一直很不满的样子。

他们不是最喜欢升级了吗？修行不也差不多吗？

“盾之勇者圣人阁下和其他的勇者阁下的战斗方法不同。今天的课题是用气打破岩石，就像这样。”

婆婆的手指插入了岩石。

岩石就像豆腐一样，被婆婆一根手指插得开裂了。

“做这个的时候不能使用勇者的特别力量。我一看岩石裂开的形状就能知道有没有使用，所以希望你们认真完成。”

虽然看上去很厉害，但是让我们模仿，我们也做不到呀。婆婆尽给人出难题。

勇者们一个个都是不耐烦的样子，模仿着婆婆的动作开始练习用手指插岩石。

“我呢？”

“圣人阁下好像无法做出攻击，那么就继续坐禅，感觉气的存在吧。”

“哦……这样啊。”

只有我一个人又继续去做刚才的练习啊。

我看着拉芙塔莉雅用手指戳岩石，要我选的话我可能更愿意和她做同样的事情吧。

就连这种时候我也不合群啊。

话说回来……坐禅的时候总是会想起很多事情。

……说到底，气到底是什么呢？不是魔力也不是SP吗？

唔……魂愈水虽然是能恢复SP的道具，说不定喝下去的时候感觉到的那个东西就是气呢？

我决定问问婆婆。

“那个……”

“什么事？”

我暂停打坐，把一瓶魂愈水扔给了婆婆。

“服下这个后，身体里补充的东西是不是气啊？”

“这是魂愈水啊。圣人阁下居然有这么稀有的东西……然而很遗憾，是不一样的。”

“是吗……”

看起来气不是SP，那就是其他的要素咯。

“不过据说，同时服下魂愈水和魔力水，是可以稍微恢复一点潜在的气的。”

咕……可能还是把它当成一种完全未知的概念比较好吧。

而且也可能存在其他勇者都不知道的要素。

仔细想想，有没有什么……也许能成为掌握这门技术的捷径的东西。

“不过，这才只是第一天，勇者们好像已经稍微抓到了一些窍门了。”

婆婆看着正在练习的勇者和他们的伙伴们，轻声嘀咕。

不，我完全不能理解她所指的到底是什么。

今天我只是勉强使用魔力模仿了气的状态，除此之外毫无进展。

第八话 命力水

就这样，修行一直持续到天黑。

晚上是使用传送技能直接回到城堡，然后就是自由活动了。

“好累哦。”

“确实，不知道为什么，感觉很疲劳。”

今天的疲劳程度比昨天和艾克蕾尔一起训练后还更严重。

一想到训练结束之后，还有莉西亚和婆婆一起进行的其他修行，就让人无比忧郁。

“之后拉芙塔莉雅要和艾克蕾尔去做战斗练习吗？”

“是的。艾克蕾尔小姐应该有很多东西要教给我。”

根本没有休息的时间啊。可是，如果不这么做，恐怕下一次的浪潮也就没办法撑过去了，这也是没有办法的。

“不然趁这个时间做点营养药剂吧……顺便去一趟药店好了。拉芙塔莉雅你就直接和艾克蕾尔练习去吧。”

“嗯。晚饭之后要和城堡的魔法师一起学习魔法，如果有什么事请告诉我。”

果然，这个日程安排还是有点太紧凑了。

训练、修行加上学习，虽然我知道这一切都是为了变强，但是这样一来就完全没有时间去赚钱和升级了。

难道说梅尔媞的等级之所以那么低，也是因为这样？

仔细一想，以梅尔媞的等级来说，她的确非常强大。

我一边想，一边利用一点点的自由时间去了武器店和药店。

武器店那边，我们委托的东西还没有做好。

毕竟才过了一天，这也是当然的。我之后又去了药店。

“……你怎么来了？”

老板还是没有变，态度冷冰冰的，语气却很温和，一看见我就开口问道。

“我想知道对恢复身体疲劳特别有效的营养药剂的做法。”

“那个的话——”

虽然态度冷淡，却很详细地把需要用的草药告诉了我。我突然想到一件事。

从分类来说的话，不论是魂愈水还是魔力水，都属于药店的经营范围。

那么对于婆婆提到的那个气的概念，他说不定也知道有什么好用的药。

“有没有类似魂愈水和魔力水……但是又不太一样的药？”

“嗯？到底是什么药？”

“就是有一种生命力量，虽然系统魔法中没有显示，但是用魂愈水或者魔力水可以微弱恢复一些，我想知道有没有能够补充这种力量的方法。”

没错。虽然也称不上是什么捷径，但是就像我当时感觉到魔力的方法一样，如果有什么道具类似于当时首饰商人给我摸过的碎片，那应该可以加快学会的速度吧。

虽然现在我已经可以自然而然地使用魔法，但是在刚来到这个世界的时候，我也是不会用的。这不是很相似吗？

“唔……我记得好像很久以前，我的师父的师父传下来的配方里有类似的东西。等我一下。”

药店老板走进里面，然后拿着一本古旧的本子回来了。

本子的纸页已经破破烂烂，上面到处都是洞。这个本子到底是有多旧了？

“就是这个了吧……”

“命……力……水？”

是名为命力水的药剂。

这和恢复HP的伤药不一样，好像是重新赋予人活力的东西。

不过，这东西治疗伤势的效果很小，它的效果是让伤口更容易愈合。好像是因为需要与其他药剂搭配使用，比较麻烦，所以在市面上也没怎么流通。

就像魂愈水，如果是勇者之外的人服用，也只有缓解疲劳的效果而已。

“需要的材料是魂愈水和魔力水，还要过滤和离心分离。”

看起来制造流程还挺特殊。而驱动离心分离的机器，好像还需要使用之前菲洛做衣服时用过的那种宝石。

“看起来是在制作高浓度的魂愈水和魔力水过程中，加工废弃物得到的产品。而且因为魂愈水和魔力水本身就很稀少，所以更少有人会用了。”

我也赞同药店老板的猜测。

原来如此，把需要的东西提取出去后，剩余的废弃物就类似于酒糟一样的东西吧。

虽然成本不高，但是市面上的流行程度比起魂愈水和魔力水来说自然也要小得多。

这两种药剂本身虽然也是制作更高级药剂的材料，但是……怎么说呢……

制作更高级药剂的时候，也不需要准备那么高浓度的材料。反而浓度太高的话，还可能会对身体产生毒性，所以也没有人制作，这个配方就无人问津了吧。

虽然冒险者经常需要治疗伤势，但是这个世界是有恢复魔法的，而且低等级的治愈药丸之类的就已经有很好的效果了。

高级的恢复药剂效果可能更夸张点……也许在断了一条手臂之类的重伤情况下会想到要使用吧，但是说明里清楚地写着，不要有那么高的期望。

结果就变成了这样一味不上不下，不知道应该什么时候使用的药剂。

不过，说不定这东西能有点用呢。

“有魔力水和魂愈水就能做吗？离心分离机要用到的宝石在魔法商店就有，我可以去借来用。”

“嗯？半天左右应该就能做出来了……难道你想要吗？”

“是啊，材料我也有。”

我把魔力水和魂愈水拿出来交给药店老板。

“过滤之后的给你一部分，就当报酬……可以吗？”

这东西本身的调制难度并不高，毕竟只是过滤和离心分离两个步骤而已。

回到城堡之后，我也会用那边的设备试着制作。只不过，如果没有足够的数量，也无法达到实验的目的。

“……可以吧。作为报酬足够了，还有多呢。”

药店老板虽然脾气不好，但是做生意还是很有准则的。

我后来才知道，他和那个教我做首饰的守财奴首饰商人好像还是老相识。

那个首饰商人，据说就是从我制作的药剂里看出了独特的风格，才猜出我是跟谁学习的配制方法呢。

“这个命力水，就是这么做出来的。”

第二天晚上，经过一整天无法感到任何实力提升的修行之后，我去药店取回了委托制作的命力水，带着去找正在练习的拉芙塔莉雅她们。

今天和昨天是同样的日程安排，拉芙塔莉雅白天和勇者们一起修行，晚上回到城堡就和莉西亚一起进行战斗练习，还要学习魔法。

虽然也有休息时间，但是日程真的排得太满了。

不过晚上其实也只有婆婆或者我能做莉西亚的对手。

菲洛和基尔单独行动，专门去升级。

基尔已经达到Lv25了，感觉还是相当顺利的。

不过他因为快速成长导致全身疼痛，今天都不太能活动。可能是骑菲洛骑得太累了吧，现在正在房间里休息。

明天……应该能动吧？

“还有那样的药吗？”

婆婆挺感兴趣地问我。

“是啊，因为我对气这个概念没什么了解，所以也只能说，这东西有可能是能补充气的……只是这样而已。”

“唔……虽然修行是没有捷径可走的，但是也不能完全否定这个可能性。莉西亚学徒因为某些原因不能去山上练习聚集气，这倒是一个值得尝试的手段。”

“唔啊啊啊……”

啊，莉西亚可能以为婆婆要用她做人体试验，马上就发出了难堪的声音。

“没问题的。刚才我已经试过了，没毒。不会有事的。”

虽然我有抗毒的体质，但至少能保证喝下去不会有什么奇怪的感觉。

我已经用盾牌把包括魔力水和魂愈水在内的三种药剂都吸收了，结果只学会了调制类技能，并没出现方便的附加效果。

顺便一提，吸收这些药剂后得到的盾牌分别是“魔力水·

以太盾”“魂愈水·灵魂盾” 和 “命力水·灵气盾”。

除了灵气盾之外，专属效果都是恢复魔力或者SP之类的，提高的是自然恢复的速度。

不过，我还是有些在意。

自从我选择相信其他勇者所说的话之后，之前激活的所有盾牌上都出现了与强化方式对应的提升范围。

一想到等我系统地理解了气的概念之后，灵气盾上也会出现新的内容……总觉得有点可怕。

“还有这样的东西啊。”

艾克蕾尔看到我带来的药剂，低声说道。

“啊，你那边进展如何？”

“很顺利。拉芙塔莉雅学东西很快，已经有了肉眼可见的进步。我可以保证，下一次浪潮的时候她绝对可以展现出不同以往的强大实力。”

“是吗？那么，说回原来的话题，就让资质很高的莉西亚来喝一下这个药剂，看看效果吧。”

我喝了也只是感觉好像有什么不一样，然而还是无法理解。

不过，按照婆婆所说的，莉西亚的资质应该非常高。

所以我猜测，同样的药剂在她身上可能会有不同的结果吧，所以就想让她试试。

“你的意思我已经明白了。那么，莉西亚学徒，你喝了圣人阁下配制的药剂，再和圣人阁下来切磋一下。”

“是……”

不是说过了吗？不用这么战战兢兢的啊。

莉西亚毫不掩饰自己的恐惧，从我手上接过了命力水。

她的手一边颤抖一边靠近嘴边，好不容易才鼓起勇气闭上眼睛一口喝了下去。

“啊，咦？不苦啊……还有点甜。”

“因为是用魔力水和魂愈水做出来的药剂啊……”

魔力水的味道像苏打水，魂愈水的味道有点像实验室里的药品，命力水则像运动饮料。其实每种都是一股化学合成的味道，就算加点水果进去，应该也不会对效果有什么影响。

“哦哦？莉西亚学徒，你能感受到自身产生的变化了吗？”

婆婆惊讶地高声问道。

“怎么了？有什么变化吗？”

“真不愧是圣人阁下，那种药剂确实产生了恢复气的效果。”

“咦？咦？”

莉西亚的视线不停地在我和婆婆身上扫来扫去。

“说呀？有什么变化啊？”

“那个……就是……”

她好像还是不太明白啊。唉，只是空想果然还是不行啊。虽然我一开始就知道成功的可能性不高。

就在我刚产生这个想法的时候——

“身体感觉特别温暖……还有，整个人都很轻松。”

莉西亚好像很自然地说道。

咦？为什么我喝的时候就没有那种感觉呢？

“不过，我感觉好像又一点一点地变冷了。”

“莉西亚学徒！集中注意力让那股热量留在你的身上！”

“唔啊啊啊！”

听了婆婆的命令，莉西亚脸上还是那副可怜兮兮的表情，慌慌张张地伸手摸着自己的肚子。

这样就能留住吗？

“圣人阁下，看起来莉西亚学徒还是没办法留住那股气。现在为了让她能找到感觉，要开始战斗练习。”

“啊，知道了。”

我举起盾牌，进入了战斗状态。

莉西亚的状态数据相当低，要不要先吟唱一个援助魔法“中级·灵气”呢？

把她的基础能力提升一些，说不定可以更从容地把动作看得更清楚。

我集中精力，把属于援助类魔法的灵气用在了切磋对手莉西亚身上，这个魔法能提升全部属性，据说只有勇者才能学到。

“中级·灵气！”

援助魔法施加在莉西亚身上，却加重了莉西亚的疑惑。

“暖暖的东西增加了。我上了！”

“嗯？圣人阁下！”

就在莉西亚冲过来的时候，婆婆突然叫到。

“怎么了？切磋已经开始了。”

“圣人阁下吟唱的魔法，好像也有让气活化的效果。”

什么？这么一想，所谓的气，偶尔好像也被称为灵气吧！

而且用盾牌吸收命力水之后，得到的盾牌形态也叫灵气盾。

我本来还以为其中没什么关联性呢，这样一看起码算是好的开始了。

“嗯？”

莉西亚向我跑来的速度比之前快得多。

就算援助魔法帮她提升了属性，也不至于有这么快。

莉西亚自己好像也挺吃惊的，而且还有停不下来的趋势。

“唔啊啊啊……身体自己动起来了啊啊啊！”

别哭啊，太难看了。

我一边想，一边伸手抓住了莉西亚握着木剑的手腕，绕到了她的身后。

一边注意不要用上擒拿的手法，一边按住她。

咦？她的臂力好像也比之前大了。

她用手肘攻击了我的侧腹部。

好疼！喂，按照我的防御力来说，莉西亚的攻击应该毫无影响才对吧？

为什么我会觉得疼啊？

“喂，不要抵抗。”

“唔啊啊啊……我停不下来啊啊啊啊！”

大概可以确定，这东西对莉西亚的刺激是有点过了吧？

那之后的五分钟内，莉西亚一直无法控制变强的身体。

直到她终于脱力跌坐在地上，不可思议地看着自己的双手。

“我……我居然有这么大的力量。”

“怎么样？找到感觉了吗？”

“唔啊啊？”

看来还是摸不着头脑……算了，如果那么轻易找到，就不需要费功夫了。

“嗯，莉西亚小姐向盾之勇者阁下冲过去时的速度，我也认为是相当之快了。”

“是啊……”

艾克蕾尔和拉芙塔莉雅都对刚才的情况很是感慨。

确实啊。只是一瓶命力水再加上援助魔法的影响，居然就能有这样的效果，可以说是相当厉害了。

“而且她对我做出的那些有效攻击，好像都是身体下意识的举动。被手肘击中的时候，是真的很痛。”

“唔啊啊！对不起。”

“我没有生气，不用在意。你要尽快用身体熟悉这种感觉。”

命力水本身是有限的，不能一直拿来引发这种无法控制的力量。而且我看过莉西亚的状态页面了，也看不出有什么肉眼可见的变化。

这难道是属于技术层面上的强化吗？

“接下来是拉芙塔莉雅，你也来试试。”

“好……好的。”

如果用上药剂就能加快掌握这门技术的速度，那简直就是最好的情况了。

就像刚才莉西亚服药时一样，我也给拉芙塔莉雅用上了援助魔法，然后就开始练习。

不过，拉芙塔莉雅身上并没有发生像莉西亚一样的变化。

当然效果多少也有一点，准确来说是速度有了一点点提高……不过也只是刚刚让人有点感觉的程度。

“这么看的话，莉西亚学徒一边服药一边学习，应该可以比预想中更快地掌握。”

“是！我会加油不负所望的！”

真是个现实的家伙。不过只要能真的变强，这样也不错吧。

只是这个方法就和服用兴奋剂差不多，所以我也有些担心……总之，一旦有毒性反应，就要立刻停止使用。

“尚文先生……我……我会加油的！”

看到莉西亚这么主动地努力修行，我们其他人也必须要努力才行了。

第二天，我给其他的勇者也提供了命力水，让他们都喝了。

因为这东西对我和拉芙塔莉雅没什么效果，所以我也不知道对他们会不会有效。

虽然大家都喝了……但是训练仍然挺难的。

用手指戳岩石的修行好像也没什么进展。

从那天开始，勇者们都进入了“消极怠工”模式。

第九话 修行的意义

修行开始后第四天，炼没有来。

这么精准的“三天打渔”吗？我找到他的时候，他毫不掩饰地露出一脸厌恶的表情，他觉得有时间做那些没意义的事，还不如快点去找更厉害的武器。

这一天的中午，元康也和贱人她们一起用传送逃走了。

趁着这个机会，树也在不知不觉间消失了。

反正女王已经跟他们说过，他们没办法离开国内，要求他们返回城堡的信息也已经传达到各个公会，他们就算不情愿，最后还是得回城堡。

就这样，距离下一次浪潮只剩下一周的时间了。

在进入内城的大门前，我叫住了那几个逃学的勇者。

此时此刻，在城堡的训练场上，艾克蕾尔和婆婆、拉芙塔莉雅和菲洛、基尔和莉西亚正在一对一进行模拟训练。

从一开始，这些人心里就暗藏着不稳定的因素。为了不多生枝节，我特意避开了人多的训练场。

“为什么要妨碍我们？”

“这是我要说的话吧？为什么要缺席？”

“都说了，因为没有意义啊！”

“既然接受了对方的支援，就应该回应对方的要求才对吧！现在我们的工作就是训练啊。”

如果以为只要打倒魔物升级就行，也太小看这工作了吧？

还是说，所谓的探索只是个借口，他只是想去玩正义使者的游戏呢？

“我说你们啊……那么想要武器的话，就去委托国家锻造师呀。想升级的话，其实现在等级已经足够了。”

把自己的弱小归结于武器和等级，真是让人生厌。

我帮他们做了多少准备，苦口婆心地讲变强的方法，他们就是不听，稍微有点不满意，就要说些任性的话，一点都不考虑配合的问题。

跟着婆婆修行的时候，除了戳岩石，也会以打魔物修行的名义去打龙……但是每一次，这些家伙都只会自顾自地乱放技能而已。

现在被我叫住，三人也都是忿忿不平的样子……

老实说，我的职责和网游里的盾系职业也没什么区别。

这部分其实没什么问题。问题是出在，他们受到攻击的时候，并不会和我配合，而是只顾着他们自己的伙伴。

然后在我提议要搜集有用素材的时候，又觉得自己什么也不缺，没有这么做的必要……就是这样。

“这个国家的锻造师技术不好。”

炼以自己的游戏知识为基准，又在大放厥词。

他这话一出口，可连武器店的大叔都包括进去了，让我感觉非常不爽。

虽然没必要做言语之争，但我还是要说清楚。

“这只是你玩游戏的经验吧。你实际上委托过吗？”

“……”

可能是被我说中了，对方什么也没说。

最近一段时间，我只要和他们说话就都是这种感觉，好像他们根本就不听我说了什么。

我们之间的关系已经恶化到连对话都进行不下去了吗？

元康和树听到这些话题的时候，还会比较主动地附和一下，炼根本是陷入了游戏的感觉中不能自拔。

“要做好的武器，现有材料根本不够！”

最后，元康和树也是用同样的理由，拒绝找国家锻造师制作武器。虽然我是委托武器店大叔的，但是据说国家锻造师的技术也不错。

“为什么这么不满啊？”

“不满？那我就干脆直说了！我可没办法和作弊的家伙一起做什么训练！”

元康指着我说。

“看着别人辛辛苦苦就那么开心吗？这个卑鄙小人。”

炼也和元康的想法相同，义愤填膺地瞪着我。

“就是啊，我们之前不知道你被诬陷，都已经很内疚了，你还来找茬，这么做到底能得到什么乐趣！”

啊啊……这也太离谱了！

炼的伙伴们倒是一脸不知所措地左右为难，至于元康那边的贱人和她的跟班，以及树身边那些傲慢的家伙们，就像在指证罪犯一样，全都对我怒目而视。

明明你们自己都是利用玩游戏的经验和技术才变强的，被别人压过一头就反过来指责对方是作弊。

只有我自己才是与众不同的，其他表现优异的人一定都是作弊，我才不会承认呢……太幼稚了吧！

退一万步来说，就算我真的是作弊了，只要能打倒敌人，也没什么问题吧？

只要能战胜敌人，作不作弊根本不是原则问题。

“这个维护作弊者的国家也让人难以忍受！我们要按照自己的意愿行动！”

炼说完这句话就气哼哼地准备离开了，元康也赞同地点了点头。

“尚文，自从打倒教皇之后你就一直自作主张，我无法配合你。”

自作主张的到底是谁啊！

根本不考虑自己要如何才能成长，还敢说是在配合我！

“老实说，我也无法配合这个国家的方针政策和尚文先生。”

“没错没错！不愧是树阁下！我们要抛弃这个国家，我们现在就出发，去新的天地伸张正义吧！”

穿盔甲的家伙也趁势起哄，一脸不屑地挑衅一番后，站到了树的身后。

“是啊，就是这样。各位，早晚有一天我也能够独当一面的。在那之前就暂别一段时间吧。”

这是什么话啊？就算是丧家之犬虚张声势，也有点莫名其妙吧。

说到底，根本算不上有战斗力的人，离开我的帮助还说什么独当一面啊。

我根本无法想象那会是个什么情景。

我也忍耐到了极限了，有些话我现在不吐不快。

“炼，你太自以为是了，根本不考虑和伙伴的配合。就这样继续下去，早晚要出人命的。”

互相介绍过伙伴之后，我这几天都在观察他们的战斗方式，会有这种担心也是自然而然的。

即使是用我的游戏经验来判断，炼这种玩法恐怕也经常会导致游戏新人死亡。

“元康，你来异世界就是为了给自己组建后宫的吗？一旦遇到等级压制的对手，你的后宫马上就会解散吧？”

只要有时间，不仅仅局限于贱人，他根本是追着所有女人的屁股后面跑。

他的伙伴对他的信赖都源于勇者自身的强大，一旦遇到更强的对手，那些伙伴们还愿意追随他吗？

“最后是树，为了自我满足而放弃努力就是你坚持的正义吗？没有力量，正义也是无力的，反过来，没有正义的力量就仅仅是暴力而已。客观点，审视一下你坚持的正义吧。你和元康根本没有区别。”

只要面对自己的力量无法压制的敌人，他们团队那种以树为顶点的序列也会轻易瓦解。

我根本不愿意想象，一旦发生那种情况，他那几个失去控制的伙伴会做出什么事。

三名勇者根本不听我说的话，纷纷准备带着他们的伙伴离开城堡。

“……原来如此。”

女王在此时现身，用一把扇子遮住口鼻，了然地点了点头。

“北村阁下，您应该清楚吧，我女儿贱人因为背负着国债，所以不能随意离开哦。”

“呀啊啊啊啊啊啊啊啊啊啊！”

本来打算趁机逃走的贱人一下子摔倒在地上，元康匆忙跑到她身边。

“别欺人太甚！”

元康举枪对准女王。

唔……这可就越来越难以挽回了吧？

“川澄阁下麾下的诸位，逃亡会让家人悲伤哦，你们都无所谓吗？”

“唔……卑鄙。”

树的伙伴们都咬牙切齿地瞪着女王。

转回身的树也对着这边举起了弓。

“你要用人质让我们屈服吗？”

女王不理会这两个人的满身杀气，又看向炼。

“现在，梅尔罗麦克的国境警卫队都接到命令，不允许勇者阁下们通过。同时，公会也接到命令，不会再给勇者阁下们任何工作委托……你们还是要走吗？”

女王的意思是，国家已经开始限制他们的行动了。

在这种情况下，如果他们还要走的话，就只有逃亡一条路而已。我也可以确定，所有与梅尔罗麦克联盟的国家都不会接受顶着勇者之名的这些人吧。

必须要到与梅尔罗麦克有一定距离、完全站在第三方立场的国家，他们才能够自由行动。

炼也把剑柄握在了手中，整个场面一触即发。

在这种剑拔弩张的情况下，女王先是深深地叹了口气，放松了肩膀的力量，接着抬起头：

“……这样吧。接下来，只要你们完成两件委托，就可以解除行动限制。勇者阁下们想要去喜欢的国家也可以自便。”

这是妥协、让步、冷静期、拖延时间……

各种各样的词汇从我脑中闪过。

确实，此时此刻这几个家伙的不满情绪已经达到了极致，根本听不进别人的话。

要怎么才能说服他们呢？就只有等到他们冷静下来了。

到了这个时候，这三名勇者还相信自己会输都是因为武器不好、等级不高。

那么，只能在一定程度上允许他们按自己的想法去做，等他们再次碰壁……再伸出援手。先放任，再收网，这可能也是唯一的办法了。

我也已经厌倦这种状态了。

我每一天都把变强的方法告诉他们甚至亲身示范了，他们却根本不听。

也许……只有等到他们什么时候吃亏了再下猛药吧。

可能的话，我也不希望他们有这种经历。如果他们因此死亡或者失去战斗能力，可就赔了夫人又折兵了。

“……委托内容是什么？”

元康扶起贱人，不悦地问道。

“最近我们得到消息，从几天前开始，各国都出现了神秘的魔物。”

“神秘魔物？”

“是的。具体情况因为众说纷纭还无法确定，但应该是从未见过的魔物。”

全世界都突然出现神秘的魔物？

是发生了什么事吗？这种打倒魔物的工作，也需要勇者出面解决吗？

我对“各国”这个范围产生了兴趣。

“我的委托内容，一是打倒这些魔物，二是参加一周之后的浪潮之战。我可以和各位勇者阁下约定，这两件任务一完成，你们就自由了。”

“贱人也可以自由了吗？”

“北村阁下，那是另一件事。贱人首先要把欠款还清。不过，我可以给你们一段自由行动的时间。”

“这可不行！”

虽然元康很生气，但是让那个本质邪恶的女人跑出去，才是最应该避免的大麻烦吧。

“贱人，你身上还有诸多罪责，又欠国家的钱。这个问题是不能让步的。”

“妈妈！让我这么痛苦，你又能得到什么乐趣！”

“都说狮子会把自己的孩子推落深谷来锻炼它们。如果你想继承我的位置，就努力跨越眼前的难关吧。”

听女王这么说，贱人干脆停止了假哭，恶狠狠地瞪着自己的母亲。

果然还是毫不反省啊。会同情贱人的，只有那些此时还心怀不满的人。

“各位！你们能接受我妈妈这样的人做一国之主——”

“如果你再继续说，刚才的提议就全部作废，你愿意吗？”

这个时候，如果我再不插手，事情就更麻烦了。

“你们杀了女王……就能从根本上解决问题吗？就能顺利对抗浪潮了吗？”

我站在女王与其他勇者之间，瞪着那几个勇者。

然后我举起右手，挑衅般轻声问道：

“你们几个刚才都说，是不愿意浪费时间修行，才要离开这个国家的吧？结果却想在我眼皮底下杀死女王，这难道不是在无谓地浪费更多的时间吗？”

我们之间实力的差距，在卡尔米拉岛上就已经很明显了。

虽然我是无法攻击的盾之勇者，但要阻止这几个根本伤不到我的“弱鸡勇者”还是不在话下的。在这个前提之下，控制住这几个勇者，再让这个国家的其他人把他们一个一个处理掉也不是不可能的。

当然，我并不打算这么做。

我只是使用了做生意学会的谈判技巧而已。

做生意时最重要的，是提供对方想要的东西，又不能被对方小瞧。

现在，女王提出的委托是让他们能获得自由的前提。

他们却不接受，反而想要逼宫……我是为了阻止他们才站出来进行威慑的。

此时此刻，这些勇者的不满情绪正在顶点，我不插手的话，他们恐怕真的要用武力强行突破了。

才只有一周就变成这样……这几个人是有多性急啊！

贱人那番任性的话没能说完，一脸愤怒地瞪着我。

我心底还有点后悔，也许还有更好的方法能解决眼前的问题吧。不过根本症结在于，这些家伙根本不会去听我们的话。

“……知道了。完成这两件委托就可以了吧？”

“啧！没办法了。这是最后一次了！”

“是啊。这次的工作结束之后，我们就要自由地行动。”

意识到很难用武力取胜，勇者们都不高兴地收起了武器。

女王刚才应该也很紧张吧，我感觉到她终于放松下来。

“那么，我会给各位分发指示文件，请各位在国内巡视。有什么情况还请及时报告。”

一个影出现在女王身边，把卷轴分发给每个人。

“另外，每天结束之后，还请各位返回城堡。”

“……是要保证我们没有逃跑吗？”

“哼。”

“这也是没办法了……”

勇者们不情不愿地点头同意，然后就离开了。

“我也要接受这个委托吗？”

“是的。请岩谷阁下也早日启程吧。”

“嗯。”

我打开给我的那个卷轴，看了一下里面的内容。

西南边的村子，那不是生化植物出现的地方吗？据说发现神秘魔物的地方就在那附近。

上面并没有写着有关报酬的内容。不过，我已经得到了国家层面的全方位支援，这也没什么可计较的。

“那修行怎么办呢？”

“就先暂停吧，请先解决现在的紧急事态。”

“嗯……知道了。”

老实说，虽然莉西亚的训练进展顺利，但我和拉芙塔莉雅却几乎没什么成果。

最多只是有那么点感觉。

我们能感觉到的，就是身体之中有种不可名状的东西。

在疲劳状态喝下命力水，也可以明显地感觉到莉西亚提到的那种温暖。

在用魔力对抗婆婆的防御比例攻击时，也有一些进步……不过距离真正掌握还差得远呢。

“那艾克蕾尔和变幻无双流的婆婆呢？”

“我考虑让她们和岩谷阁下一起行动。”

“知道了。那我也去做出发的准备吧。”

真是的……从卡尔米拉岛回来之后，好像一直在辛辛苦苦地做无用功。

希望这次不要再节外生枝……但总感觉不会这么顺利。

葛拉丝也可能会在下次浪潮中出现。

虽然我们这边全是一些算不上战斗力的家伙，但我也希望能够抓住这次机会，终结这场孽缘。

那么，在出发前，我还想把这段时间的修行成果总结一下。

让人吃惊的是，经过提升等级上限之后，拉芙塔莉雅对幻影魔法之外的其他魔法的适应性好像也提高了，最近就像海绵吸水一样不断地学习其他类型的魔法。

虽然如此，但短短两三天里也学不会太强的魔法。

不过，再努力一阵子，说不定就能学会使用高级魔法了。现在宫廷魔法师也以教导拉芙塔莉雅学习魔法为乐。

未来有望啊。

菲洛帮助基尔提升了一些等级之后，就一直在和梅尔媞玩。

虽然按照梅尔媞的说法，她们是一起学习。

还说城堡的教员都夸菲洛学习能力非常高……但这听起来就不可信。

菲洛还顺便参加了我们的训练，按照婆婆的说法，好像她也能自然地运用气。

这是作为魔物的本能吗？说不定真的是这样呢。

至于具体怎么做到的，我当然也问过菲洛，但是她的解释都是“唰地一下使用力量就咻地一下怎样怎样”这类，就连梅尔媞都听不懂这种描述。

莉西亚在命力水的影响下，已经能够在一定程度上把握气的存在了……据说是这样。

这么说来，在这一周之内真正有所成长的就是莉西亚吧。

刚开始那种迟钝的动作，现在也多少有了改变。

然而多半是受到本人性格的影响，她总是战战兢兢的，至今也无法顺利地驱动气。

基尔等级急剧提升，身高伴随着生长痛每天都有变化。

不过要追上拉芙塔莉雅，应该还需要不少时日。

他现在是Lv34。因为战斗经验尚浅，正在接受艾克蕾尔的剑术指导。

“也差不多该出发了。”

“等一下。”

马车已经准备好了，就等拉芙塔莉雅和菲洛她们集合了。

是出现了奇怪的魔物吗……不亲眼看一下是什么魔物，也无法得出准确结论。

“您好，那边的贵人。”

“嗯？”

听到有人在说话，我回头一看。

有个用兜帽遮住脸面的怪人……身高只比我稍微矮一点。

“如果我没有认错，您就是盾之圣武器……的所有者吗？”

怪人摘掉遮住头部的兜帽，露出了面容。

我已经看惯了容貌端正的拉芙塔莉雅和莉西亚她们，也必须要承认，最适合用来描述眼前这个人的词汇就是“美女”，她真的长了一张魅惑人心的脸。

不仅如此，还像贱人和女王一样……一定要说的话，就是有种妖艳的气质。

她大概几岁呢？二十五岁……不，还要更年轻一些吧？

都是因为女王的外貌和年龄完全不相符，我现在对年龄的判断也很不准确。

比如莉西亚，我觉得她长得像个初中生一样，其实已经十七岁了。

眼前这个人的头发是一种带有透明感的茶色……和拉芙塔莉雅的色调还不一样。她的头发盘成了引人注目的发髻，浑身透出一种中国风的感觉。

虽然穿着斗篷，也隐约看得到身材曲线。

从露出来的手指来看，肌肤相当细腻，腿应该也很长。

她那双细长的凤眼，也让人感到一种……东方人的娇媚。夸张一点说，是个像狐狸一样的人。

这应该算是我不喜欢的类型……总觉得她会利用别人。综合起来看，这个人的外貌比较接近贱人。

“虽然我不太清楚圣武器是什么，但我确实是盾之勇者。你找我有什么事？”

就这么沉默地打量对方也不太好，所以我还是回答了她。

如果她借势要靠近我，我一定要与她拉开安全距离。

不过，这名女子……完全没有任何魅惑妖艳的行动，甚至还有点笨拙地……非常为难地握住我的手，低下了头：

“拜托你，请快点打倒我。”

“啊？”

没头没脑地就要我打倒她？我不明白她是什么意思。

作为盾之勇者，我本来就没有什么攻击手段。

仅有的攻击手段还都需要承担相应的风险。

“再这样下去，我就无法完成使命。这样的话……只能向持有圣武器的人求助了！”

大概就在她说话的同时，我看见盾上的宝石闪过一丝光芒。

咦？怎么了？发生了什么？

“是什么……”

怎么说呢……我对这个女人说的话很好奇。

我不太明白她到底想表达什么意思。

但是既然盾有了反应，可以确定这个女人身上有我不知道的什么东西。

“我……就在那个地方，请一定要阻止我。”

女人指着东方的天空。

“我都不知道是什么，也不知道应该怎么回答你啊——”

“尚文大人。”

“久等了。”

我听到拉芙塔莉雅她们的叫声，回头挥了挥手。

“你们好慢啊。”

“——拜托了。不然无谓的牺牲者还要增加。啊啊——”

“所以我不是说了吗，不知道是什么事情的话——”

我回过头，直接把后半截没说完的话咽了下去。

那个刚才还在我眼前的女人，突然就消失不见了。

是因为拉芙塔莉雅她们来了，就突然逃走了？

不，那也不会这么快。简直就像是瞬间移动消失的一样。

“刚才是不是有个女人在我前面？”

“啊？”

“菲洛也看见了吧？”

“嗯？”

“莉西亚也没看见吗？”

“咦？”

拉芙塔莉雅她们几个面面相觑。

“好像有……又好像没有？”

菲洛凑过来，皱着鼻子到处闻。

“嗯……”

怎么回事啊？

……不，虽然我不知道她用了什么魔法，但我现在可没有空闲时间应对这种奇怪的家伙。

更何况，她说不定是妖怪或者幽灵呢。这个世界还有不死生物，所以大白天出来吓唬我……也是有可能的吧。

我把这个莫名其妙要求我打倒她的奇怪家伙暂时驱赶到记忆的角落里，现在我有其他必须要马上去完成的工作。

“那就出发吧。大家不要落下了。”

就这样，我们准备踏上旅途，去解决目前最紧急的问题了。

第十话 玩偶服

在解决问题之前，因为正好顺路，我们又去了一趟武器店。

艾克蕾尔和婆婆在马车上等我们，婆婆的儿子在外面站岗。

“哦，这不是小哥吗？”

“进度如何了？”

“这个嘛，其实菲洛鸟小姑娘带着朋友一起到我这里玩过。”

朋友……应该是梅尔媞吧。

她可是这个国家的二公主呢。啊，现在可能是唯一的公主了。贱人已经失去了王族的身份。

而且大叔不是看过我的通缉令吗，应该见过梅尔媞吧。

倒是梅尔媞自己，都有过那样的经历了，居然还有闲心偷偷跑出来玩。

“那种事无关紧要吧。”

“知道知道。但是其实这两件事是有关系的。你先看这个。”

大叔从店铺里面把武器拿了出来。

首先是拉芙塔莉雅的剑，外表看起来还是业兔剑的样子……不过原本的剑身是某种黑色的材质，现在已经变白了。

“这把剑不是有些不详的力量吗？我用了小哥派人送来的那些黑兔材料，经过强化之后，居然变白了。”

“哦……”

“我还用血液清洁油处理了一下。虽然达不到净化处理的强度，但效果还是不错的。”

血液清洁油？听起来好像是血液净化处理的低端版本。

“啊……用起来好像比之前更顺手了。”

“锋利程度提高了，附加效果也有提升。我觉得这次自己改造得还不错呢。”

“总觉得好厉害啊。”

“菲洛鸟小姑娘用的爪子也是同样的处理方式，效果也不错哦。这个爪子的来源是黑狗吗？”

“哇！”

菲洛用的爪子也同样变白了。这意味着什么呢？等于是诅咒被解除了吗？我用鉴别技能仔细检查了一下。

兔巴尼剑

品质:高品质。

附加效果:敏捷提升，魔力提升，剑术威力提升，血液清洁油。

狗兽托爪

品质:高品质。

附加效果:敏捷提升，魔力提升，爪的威力提升，血液清洁油。

那些降低属性的效果都不见了，只剩下了有益的部分。这真是非常厉害的操作了吧？

在能自制物品的游戏里，要想消除原本附加的负面效果，可是需要付出相当多的劳力的。

即使是在类似游戏的世界里，要做到这个结果肯定也是很难的吧。

我自己也做过不少首饰，如果成品上出现了负面效果，我是完全没有办法消除的。

“还真是帮我们做了很不错的东西。”

“好说。”

现在只是拿在手上就已经觉得手感更顺了，应该可以期待会有更好的实用效果吧。而且这两把武器甚至都重新命名过了，可能和给蛮族之甲升级改造的情况也不尽相同吧。

兔巴尼……狗鲁托……都是卡尔米拉岛传说中的魔物。

包括企鹅柯的玩偶服也是一样，那个岛上的魔物尽是掉落一些奇怪的武器和防具。

“这是拉芙塔莉雅的剑？”

基尔看着拉芙塔莉雅手上的剑问道。

“是哦。”

“哦？以前没见过这位客人呢。是小哥的新伙伴吗？”

“我是基尔。我和拉芙塔莉雅是同乡的好朋友，请多关照。”

“多关照哦！”

基尔很热情地和武器店的大叔打招呼。

“那这孩子的武器怎么办？”

“随便帮他挑选一样吧。他现在也算是在学习剑术。”

“哦……这个小少爷可能更擅长使用爪子或者拳剑哦。”

“那你觉得呢？”

“我也不太懂啊。”

“这个嘛，以后有合适的再换也可以吧？现在这样也够了。”

“这样啊。”

“小哥，在我店里再买一把武器当然也可以，但是这孩子现在用的剑，我觉得也很好了。”

这么一说，我确实从城堡的仓库里拿了一把剑给基尔用。

虽然也不是很厉害的东西，但是对现在的基尔来说可能正合适吧。

“不强买强卖，也是大叔的优点啊。”

“从武器的角度考虑，被不适合的人使用也很可怜啊。”

这可能正是大叔的武器店能做到现在这个规模的原因吧。

也许是我比较偏心，反正我可以毫不犹豫地说，大叔的技术肯定比城堡里的锻造师要强。

“……现在的问题是，小哥委托我改造的那件玩偶服……”

大叔一边说，一边从店里面拿出了原本应该是企鹅柯玩偶服的东西，他脸上还带着点歉意。

“喂……怎么改造完了还是玩偶服啊？你是怎么想的啊？”

我一看到整体变成白色的玩偶服，就马上提出抗议。

“我也觉得自己脑子好像有点问题。不过，就是菲洛鸟小姑娘带着朋友来玩那天晚上，我突然产生了这个念头，只能说是命中注定吧。要改这个还挺难的呢。”

“……我有非常不好的预感，不要打开。”

“为什么呢？”

“喂，莉西亚！”

莉西亚毫不犹豫地把玩偶服伸展开……这是……

“我说大叔，再怎么说也不应该是这样的吧。”

“我也觉得自己有点不对劲！”

大叔叹息着赞同我的意见。

之前的那件企鹅柯的玩偶服，居然变成了菲洛鸟的玩偶服。

而且怎么看都是参考了菲洛的外形，所以才会是现在这个菲洛鸟女王的姿态。

干脆就给它取名叫菲洛玩偶服吧。

菲洛玩偶服

防御力提升，敏捷提升（大），耐冲击性（小），风属性耐性（大），暗属性耐性（小），HP恢复（弱），魔力提升（中）。

自动修复机能，牵引技能提升，装载量提升，尺码修正，种族变更。

注：魔物装备时，只能变更种族。

……我和大叔都有些不忍直视这件菲洛玩偶服。

“哇，这是模仿菲洛的？”

“很像啊。”

“和小菲洛一模一样！”

“真是一件优秀的玩偶服啊。”

“喂！你不要擅自就穿上啊！”

莉西亚已经开始穿了。

“怎么样？嘎嘎。”

……在人形的菲洛身边，还有一只魔物形态的菲洛。她的体型比起真正的菲洛还是小很多。

我又查看了一下莉西亚的状态……好高啊！这比盾牌的修正效果还高呢！已经达到拉芙塔莉雅的三分之一左右了！她原本的数据可是和个位数等级的基尔同样水平的，这可太厉害了。

只是穿上了一件装备而已……可能是种族变更效果给她加上了菲洛鸟的修正吧。

总之，既然效果这么好，就这样也不错。

“嗯。虽然看起来不怎么样……也许还挺不错的。干脆基尔也穿一件吧？”

“咦？”

基尔愣在原地。莉西亚刚才脱下来的企鹅柯玩偶服还在这里呢，既然效果这么好，干脆让基尔也穿吧？我的想法很简单。

“我不喜欢这个！”

“好过分啊！”

“基尔，莉西亚小姐就穿着呢……”

拉芙塔莉雅提醒基尔不要乱说话。不过，莉西亚好像也并不是特别在意。

这种时候，她怎么不“唔啊啊”地喊几声呢？

真是的……算了，反正莉西亚自己不讨厌，就让她穿着吧。

“就是这样了。虽然外观上的问题很严重，但至少效果还是很优秀的。既然想要变强，就不能挑三拣四。”

“连主人也这么说！”

菲洛又在抗议了。我可不管。

“现在做完的就是这几件了。之后再给小姑娘做好盔甲，也就告一段落了吧。”

“我的呢？”

“你把盔甲留下的话我也会帮你做，就是不知道能不能赶得上了。”

“那就算了。我现在也要外出办事，以后再说吧。”

“好的。另外我还想给穿玩偶服的小姑娘做把适合她的短剑，不过暂时还没开始。”

“这样啊……反正距离下次浪潮也还有些时间，就全权交给你安排吧。”

“我知道了。”

反正随着盾牌的逐渐强化，暂时不提升盔甲好像问题也不大，我就先忍耐一阵子吧。

“那我们下次再来。拜托了。”

“对了，小哥。”

“怎么了？”

“其实也可以做一些盾牌之类的装备。”

说得对。可以让大叔帮我做那些需要特殊材料才能激活，我又还没有拿到的盾牌。

反正把材料给盾牌吸收也是会消耗掉，一样是浪费，还不如让大叔帮我做出来，我再直接复制呢。

下次浪潮里再拿到BOSS掉落的材料，就拿给大叔试试吧。

“如果我拿到稀有材料，可能会来委托你帮忙吧。到时候就要拜托了。”

“我很期待哦，小哥。”

离开武器店，我们便乘坐马车上路了。

艾克蕾尔看到大叔帮拉芙塔莉雅做的剑，赞不绝口。

伙伴多了就会这么热闹吧。嗯，我并不讨厌。

“用盾的哥哥，我们去哪里啊？”

“我们现在是去打那些在全国到处捣乱的魔物。应该不是太强的魔物，我觉得正适合给大家积累经验。”

“这样啊。”

基尔手上握着剑柄，一副跃跃欲试的样子。

我看着基尔的眼睛，拍了拍他的肩膀。

“你有干劲是很好的，但也不要鲁莽地擅自行动哦！”

“我知道！”

“拉芙塔莉雅以前也有过这种情况，擅自突击。你现在就和那个时候的拉芙塔莉雅很像，所以我才特别提醒你一下。”

“咦？你说拉芙塔莉雅吗？”

基尔转头看着拉芙塔莉雅。拉芙塔莉雅也点了点头。

“是的。那次我受了很重的伤，所以你也要多加注意哦。”

“我……我知道了。”

我们一边聊天，一边向着西南方的村子进发。

第十一话 ——的使魔

菲洛拉车跑了一天半，我们抵达了西南方的村子。这个地方变得好像丛林一样。

“这不会是因为我吧……”

“恐怕是的……”

我们分开茂密的植物，继续前进。

基尔得知村子会变成这样与我有关，我还吓了一跳。

我确实把改良后的生化植物种子交给了村民……没想到一番努力都白费了。

看起来我也没什么资格去批评元康。难道这就是需要我们对付的魔物吗？这不是我搞出来的吗？

这时，突然听到附近有擦肩而过的冒险者正在说话。

“这附近出现的魔物，边角料都能变成材料哦。”

“真的吗？”

“你真是多疑啊，我觉得我们还得去有更强的魔物的地方。”

“那需要花很多时间变强吧？我们现在可没有时间浪费在这种地方啊。”

“没问题的，我们都会帮忙的，在下一次浪潮到来之前，我们要多多努力。”

“是啊……”

看起来，就连路上的冒险者也在为浪潮做准备。

因为至今为止，冒险者对于浪潮的了解也不太深刻。

原因就是勇者们太无能了，连编队的方法都不会用。

现在女王已经发布了公告，征召梅尔罗麦克的冒险者公会，以及对自己的能力有信心的家伙。刚才路过的那些冒险者应该也属于这类人吧。

“嗯？”

菲洛可能想定位这几个冒险者，不停地东张西望。

“怎么了？”

“那个哦，菲洛觉得……好像是用镰刀的人和半透明的人，还有那个闪闪发光的大姐姐。”

虽然菲洛的描述很奇怪，但是按照菲洛认识的人去对照的话，她说的应该是拉尔科、葛拉丝和特莉丝？

那几个家伙又到这个世界来了吗？

到底是怎么做到的……不过，如果真的是他们，就应该趁现在决一胜负才对！

“真的吗？”

“嗯……菲洛没有自信啊。也可能只是很像……”

菲洛好像终于找到了对方。

“怎么样？”

我从马车里探出头，在密林中寻找。

啊？我看到一个背影在远处一闪而过。

……不是吧？发色和服装都不一样。

虽然只是远远地看到一眼，有个和葛拉丝身材差不多的家伙，一头红发，身上穿的也不是和服，而是轻甲。

“应该……不是吧？”

“根本就不一样吧。”

虽然并没有看到对方的脸，但是怎么看也不一样啊。

“嗯？”

菲洛还是疑惑地歪着头。真是的，都是因为她说很像，让我也有点一惊一乍了吧。

发色是可以改变的，但我没有从这些人身上感觉到那种压迫感，应该是搞错了吧。

“这么一说，这里也没有魔物啊。”

菲洛一边探查周围的情况一边说。

“是吗？”

我还在担心，如果生化植物比之前更强的话应该怎么处理。

如果奇怪的魔物根本是从生化植物里面繁殖出来的……这可不是开玩笑的。

“是真的，太不可思议了，一只也没有啊。”

“这不是好事吗？”

就在这个时候，我们遇到一个拨开草丛走出来的家伙，看来像是这里村民。

“啊，是盾之勇者阁下。”

怎么办？我是不是应该二话不说先跑为妙呢？

这个村子都是因为我才变成这个样子，让人情何以堪啊。

“都是托了盾之勇者阁下的福，我们现在才能安心种植。”

“啊？”

我环顾四周，再次询问眼前的村民。

“你是说这些？”

“是啊，这里都是我们的田地呀？”

“我只看到一片丛林。”

“我们使用了盾之勇者阁下惠赐的种子，已经发展成了大规模的农业体系。”

村民一边说，一边指着我们头顶上方。

树上结着像西红柿一样的红色果实。

“虽然只结一种果子有点麻烦，不过这东西已经是我们村子的特产了。”

“你们手脚真快啊。”

这才两个多月吧？他们就是生命力最顽强的那种人吧。

“也就是说，出问题的不是这些生化植物？”

“不是啊。”

“这样的话……就没问题了吧？”

听我这么说，村民也露出了苦笑。

很久以前，曾经有一名炼金术师制造了生化植物。

他，或者也可能是她，可能就是想看到此时此刻我眼前的景象吧。

……虽然这个景象真的非常难以形容。

“盾之勇者阁下这次是有什么事呀？”

“我听说这附近出现了奇怪的魔物。”

“原来如此！如果盾之勇者阁下是为了那件事而来，我们就不怕了！”

“把情况仔细跟我说说。”

我们正要开始说正事——

咕噜噜……

“菲洛肚子饿了。”

“我也是。”

看着像西红柿一样的果实，菲洛和基尔都开始嚷嚷肚子饿。

这么说起来，以前我也给菲洛吃过从这个村子拿到的果实。

“请慢用。”

村民指着一些比较大的果子，示意菲洛和基尔可以随便吃。

“哇啊。”

菲洛和基尔开心地大快朵颐，我也跟着吃了起来。

果实的味道有点像西红柿……又有点像橘子，还挺奇特的。

味道还是不错的，只是按照我的标准来看有点难以言喻。

拉芙塔莉雅和艾克蕾尔也都吃得很香。是因为我是异世界的人才不习惯吗？

吃东西的时候，一行人就顺便休息一下，村子那边又来了几个村民，给我们带来了烹调过的食物。

“大家都对您感激不尽啊。”

“这没什么。”

“总之……还是多加小心吧。”

他们是在暗示我，这里也有危险的植物吧。

“这种食物居然是盾之勇者阁下做出来的吗？好厉害啊！”

艾克蕾尔一边吃，一边感慨。

“就好像进入了图画书里的世界。”

莉西亚看着生化植物轻声说道。对于我来说，确实是进入了书里的世界没错。

“不愧是圣人阁下啊。”

婆婆也在吃……大家就这样吃完一餐，继续深入村子，准备去打听一下详细的情况。

“然后呢，这里出现了什么样的魔物？”

“那个……今天倒是还没出现呢，但是附近的村庄和冒险者都遭到了侵害。也有人丧命……请一定要打倒魔物。”

村民给我们看了他们手上的战利品，大概是魔物的尸骸。

等一下，这是什么？我也摸不着头脑了。

用一句话来描述的话，这魔物就像是带壳的独眼蝙蝠……

我已经见过很多魔物，但眼前这只魔物的长相，只能说是相当奇特。

而且还是独眼……因为是异世界，就能有这种魔物吗？

“会不会是哪里的有钱人自己培养的魔物跑出来了？”

我就曾经打过这种来源的魔物。

“这魔物……是什么呢？”

拉芙塔莉雅认真地观察着魔物。

艾克蕾尔和婆婆都看着魔物陷入了沉思。

“你们也没见过吗？”

“是啊，我从没见过这样的魔物。”

“虽然我打过很多魔物，也没见过这样的……至少没在这个国家见过。”

“这个国家……那你在其他国家见过？”

“只说类似的话……法普雷那边倒是有一种魔物叫作翅浮球，长得就像独眼的气球……不过很明显，和这东西还是不一样的。”

婆婆一边说，一边拎起魔物尸体上像蝙蝠的部分。

“这是……”

莉西亚穿着玩偶服，光是站在那里就完全破坏了现场的气氛。她也盯着魔物的尸体。

“你有什么线索吗？”

“我总觉得好像在哪里看到过……但是就是想不起来。”

“你好像还挺博学的。尽量努力想一想吧。”

莉西亚歪着头，手指放在嘴唇上陷入了思索。

“……那么，这东西应该不止一只吧？”

“是的，数量很多，而且是突然出现的，所以根本来不及应对。”

“我可以用盾牌把它吸收掉吗？说不定能搞清楚这到底是什么东西。”

“明白了。”

我得到对方的许可，用盾牌吸收了这个神秘的魔物。

——的使魔（蝙蝠型）之盾的解锁条件已经激活！

咦？名字显示不全。

使魔？这东西是谁的使魔吗？

也就是说，在我们不知道的地方，还有本体或者施术者？

“这东西好像是一种使魔。”

“使魔……也就是说，还另有驱使他们的家伙。”

“是啊，也只能去把这东西找出来了。”

我有些担心其他勇者负责的部分到什么程度了，但是不解决眼前的问题，什么事情都不会有进展。

就在我们分析思考的时候，外面传来了村民的喊声。

“魔物出现了！”

我们慌忙从房子里出来，看向声音传来的方向。

天空中有好几十只刚才那种使魔，正向我们飞来。

这种神秘的魔物还会用独眼放射某种灼热的射线，不断进行攻击。

“呀啊啊啊！”

“嘎啊啊啊啊！”

什么？这些魔物居然优先瞄准比较弱小的村民！

村子里也有冒险者，但是他们连保护自己都已经顾不上了。

我冲向被攻击的村民，开始吟唱技能。

“气波盾！”

我在灼热的射线攻击下张开了气波盾，守住附近的人。

“大家！快点攻击！”

“是！”

“是——”

“我已经迫不及待了。”

“唔啊啊啊。”

“加油！”

我带来的人都纷纷向着神秘魔物发起攻击。

它们会飞，这是比较麻烦的问题，再加上动作很快，还挺难对付的。

“菲洛！”

“什么？”

“吟唱风系魔法，现在这个距离，物理攻击不太容易命中。”

虽然拉芙塔莉雅她们每个人都缠住了一只魔物，但是敌人太多，我已经防守不过来了。

“村里的人都聚集到一起！有什么情况我会守住的。”

“盾之勇者阁下是这么说的！大家，快聚集到一起！”

“是！”

听了我的建议，村里的人一边躲避魔物的攻击，一边聚集到一个地方。

魔物注意到村民们开始移动，也会继续攻击，这样一来，正是我的机会。

“气波盾！第二盾！第三盾！”

三面盾牌把村民挡住。

“接着……”

我给村民代表发送了编队项目的请求，叫他们一起组队。

“这是？”

“先别管，带着大家一起加入，不然我很难防守。”

村民代表点了点头，劝说在场的所有人，一起组了队。

很好！

“流星盾！”

我使用了能用结界保护两米范围内所有伙伴的技能，防守范围更加大了。

这个技能的难点在于一定要是伙伴才行……不在编队中的人会被弹出结界范围之外。

也就是说，不管是直接加入我的队伍，还是只是编外的编队成员，必须要加入才能被保护。

而且我现在也强化了不少，一般的攻击对我张开的结界都是没有效果的。

在我防守神秘魔物的射线的时候，菲洛的魔法也完成了。

“中级·飓风！”

菲洛用魔法卷起飓风，使飞行中的神秘魔物（蝙蝠型）失去了稳定性。

“呀！”

“哈啊啊！”

“啊呀哟！”

拉芙塔莉雅、艾克蕾尔、婆婆都趁机击落了魔物。

莉西亚和基尔好像跟不上大家的节奏，有点不知所措。

即使如此，基尔至少也能对着被削弱的魔物挥挥剑，还是有点作用的。

“唔啊啊啊啊啊啊！”

“别再发出这种声音了！快点战斗，这和你跟着树一起战斗也没什么区别吧。”

“是……是！”

莉西亚也挥舞着剑发动攻击。

她根本用不上力气啊，还不如训练时看起来像样呢。

“嘿！”

不过，莉西亚的攻击倒也命中了，神秘魔物的翅膀被她砍了下来。

接下来就应该做出致命一击才对，但她可能太紧张了，居然直接去刺对方甲壳的部分。

她应该就属于那种训练时明明成绩很好，一到考试却发挥不出真正实力的类型吧。

只要能解决她精神上的问题，虽然基础属性还是不高，但我也期待她能有更好的表现。

“攻击眼睛！”

“啊，是！”

在我的提醒下，莉西亚终于打倒了魔物。

唔……真让人不放心啊。

单纯看魔物是否强大，主要取决于行动速度和攻击力，从基尔陷入苦战的情况来推断，这些魔物应该是在Lv35左右吧？倒是很强。

虽然拉芙塔莉雅、菲洛和婆婆都能一击制胜，但艾克蕾尔和莉西亚却需要多次攻击魔物的眼睛才能打倒一只。艾克蕾尔至少还有技巧，看情况好像也可以一击取胜。基尔则是单纯的攻击力不足，只能砍被削弱的神秘魔物。

“我……我会加油的！”

啊，莉西亚用力握住了剑。她要用训练时偶尔才会成功一次的技能了。

“嘿！”

只听咔嚓一声，莉西亚的刺击穿透了魔物的眼睛，从甲壳中穿出。

用游戏术语来对应的话，这个就叫作暴击。

她还是逐步在成长的嘛。

“呼……”

“已经全都消灭干净了吗？”

“好像是的。”

我放松紧张的肢体，环顾四周确认情况。

村子的建筑物基本没有受损，看起来对方只攻击人类。

居然有这种意识清晰只以人为目标的魔物吗？就连浪潮里出来的魔物都会同时毁坏建筑物，这次的魔物果然不太一样。

我向着神秘魔物飞来的方向走去。

“嗯？”

没走出几步，我就看到了本地原生魔物的尸体。

“你们看，这种魔物……好像不只攻击人类啊。”

根据现有情况判断，很可能是魔物之间在争夺地盘。不知道神秘魔物的本体在什么地方。

“对方也不算太厉害，除了基尔之外，其他人各自散开，调查一下附近的情况。有事马上汇报……另外，村里的人就优先救助伤员吧。”

“是！”

“明白！”

与神秘魔物的战斗就这样结束了。

拉芙塔莉雅她们虽然仔细搜索了村庄周边，却没有发现本体的蛛丝马迹。

就连基本属于野生动物的菲洛，利用她那灵敏的嗅觉去搜寻，也没有找到什么东西。

“这是怎么回事呢……”

虽然这不是游戏，但是没有一点提示的话，真的很难看穿敌人的身份。

太阳渐渐落山，四周一点点陷入了黑暗。

据说，最近的几天，村民们晚上根本不敢安心睡觉。

“这附近没有与这种魔物有关的传说吗？”

“对不起，一点线索也没有。”

“在盾之勇者阁下来之前，我们也搜查过周围……没看到什么特别的东西……”

在村子里面打听，也没有找到答案。

为了进一步搜集整理信息，我也考虑要先回城堡一次。只是村子这边，如果没人保护，肯定是非常危险的。

冒险者也在守护村民们。

但是，我们这次对手是难缠的魔物，只是一味防守，是无法彻底解决问题的。

“只是……”

“嗯？你们查出了什么吗？”

“我们知道，那些魔物是从东方飞过来的。”

东方……啊。

出发之前，我见到的那个可疑女子，也说过自己是从东方来的，这里面有什么因果关系吗？

“为了交流信息，我要先回城堡一趟。拉芙塔莉雅，你们就留下保护村子吧。”

“明白了。”

“是——对了，主人。”

“什么事？”

“那个哦，那种魔物呢，好像打倒了不少其他魔物哦。”

这么说起来，在进村的路上，菲洛也说过看不到魔物。

确实……我也感觉得到，魔物的数量明显减少了。

拉芙塔莉雅她们也提到，搜寻时看到了不少魔物的尸体。

“知道了，我去去就回。”

为了和其他勇者交换信息，太阳一落山，我就使用传送技能回到了城堡。

第十二话　先下手为强

“我遇到的魔物就是这样的。”

回到城堡之后——按照女王的指示，其他勇者也都临时回来了一趟。

不出所料，其他勇者遇到的也都是那种身上有着甲壳一样结构的魔物。

“居然在这么大的范围内都出现了吗？”

一等女王听过所有勇者的汇报，我马上提出了疑问。

女王皱着眉头，好像很迷惑的样子，也在思考着什么。

接着，她开口说道：

“老实说……既然在这么大的范围内都出现了同样的魔物，我们可以确定的是，现在已经发生了某种意料之外的紧急事态。”

“是浪潮吗？”

“也并不是完全没有这个可能。只是……”

是啊，如果是浪潮的话，也有很多说不通的地方。毕竟距离下次浪潮到来的时间应该还有一周……好吧，是六天。

虽然浪潮中发生什么都不奇怪，但是再怎么说，这也太脱离常规了。

“你们知道什么信息吗？”

我问其他三名勇者。

三个人好像都在考虑什么。

接着——

“没有哦。”

“不知道呢。”

“是啊，我不知道。”

他们三个人不约而同地看着我，干脆地回答了我的问题，甚至干脆得有些不自然，好像白天那些龃龉已经是过眼云烟。

我反而觉得有点不对劲。

“现在还不知道这些魔物到底是什么使魔。你们几个在游戏里，见没见过这东西的本体？”

这几个勇者，基本上都是依靠自己的游戏知识在行动的。

虽然大部分时候都靠不住，但是也可能会提供一些有用的信息。

“……完全不知道呢。”

“没有线索。”

“一点都看不出来。”

他们三个互相看了几眼，态度都显得很轻松，而且回答我的速度也太快了。

最近这几个人明明对我非常不满，找他们说话，也基本上无法像这样有问有答。

也就是说，他们三个人是达成了什么共识吗？

“你们几个……真的什么也不知道吗？”

虽然只是我的直觉，他们应该是在隐瞒什么事情。

“不是说了不知道吗！”

炼刚才还在假装平静，现在却第一个大吼大叫地摆出不配合的姿态。

他居然还生气了。这不是更奇怪了吗？

“尚文，你也不是勇者的领队吧？不要得寸进尺了。我们什么也不知道。”

“还是互相不够信任吧？”

说完这些让人生气的话，勇者们就拒绝再交谈，一个个都冷淡下来。

可恶……我也没想做什么领队啊！

都是你们自己太可疑，我才会开口问的！然而不管我再说什么，他们也不会把实话说出来的吧。

经过白天的事情，这几个家伙已经拒绝与我沟通了。

“总之，我们的任务是保护好自己负责的地方。现在汇报也做完了，我们要走了！”

炼大吼大叫地说完，元康也表示赞同，树也顺势跟着他们走了。

随后，我就看到他们传送离开了。

真是非常诡异……

“女王。”

“我明白。影会暗地追踪他们，收集好信息，先等一等吧。”

还要多费一番功夫，这让我也很为难啊。

虽然不知道有没有用，既然勇者们的行动这么可疑，也只能放长线钓大鱼了。

“不过……居然是使魔啊。”

“据说附近的邻国也都收到了同样的报告。”

女王展开地图，划出了一个神秘魔物出没的范围。

包括了梅尔罗麦克和周边……更大的区域。

……好像全世界范围内都有目击者。

然后……

“是从东向西蔓延的？”

“应该没错。”

女王看着整理好的目击魔物的地点和日期一览表，可以看出魔物是从东向西不断侵袭。

这么说的话……

“我们出发之前，有个奇怪的女人找过我。”

“什么？”

我把那个希望我打倒她的女人的事告诉了女王。

那个女人当时指着的就是东方。只是等我回过神来，她已经不见了。如果这是我的错觉，那巧合的节点也太多了。我可以认为，确实是发生过这回事的吧。

“确实有很多地方都符合。不过，她所谓的圣武器……是指四圣吗？”

“不是吗？还特意用了这种不合时宜的叫法。”

“不过她所说的希望你打倒她，具体又是什么意思呢。总之，还需要进一步调查。”

“那就拜托了。”

我等到报告都整理好，才回了拉芙塔莉雅她们守卫的村子。

“我回来了。”

“啊，尚文大人！”

我刚从城堡回来，拉芙塔莉雅就一脸紧迫地跑过来。

“怎么了？”

“是基尔！”

“什么？”

我跟着拉芙塔莉雅，匆忙赶到了村里的治疗院。

基尔后背一大片烧伤，正强忍着痛苦，在接受治疗。

“啊，用盾的哥哥。”

“你没事吗？”

“嗯。虽然很疼，性命应该没危险了……好疼啊啊啊！”

我和治疗员一起，对基尔的后背使用恢复魔法，同时也把伤药用在了他的伤口上。

“到底发生了什么？”

“我看到有一只那种魔物在飞，觉得自己一个人也能打得过，就凑过去了……”

“真是的，不要乱来啊！要是死了可怎么办！”

拉芙塔莉雅一边批评基尔，一边忍着眼眶里的泪水。

艾克蕾尔和婆婆也是又担心又生气。

“基尔，你现在还不能独自战斗。不是告诉过你，有情况就要告诉别人吗？”

“我……我知道了。以后不会再这样了。”

基尔的伤势比预想中还严重一些……这是怎么回事？

嗯？基尔的后背好像还有什么东西。

这个症状……

“基尔，那个魔物对你做过什么？”

“咦？我被射线击中倒地后，它确实落在我背上……不过拉芙塔莉雅她们很快就赶到了，别的我也不知道了。”

糟糕了！不会有错的。

我终于知道这东西为什么会有这么多了。

“可能会很痛，你忍着点！”

“你……你要做什么！”

我从口袋里拿出治疗药，打开盖子，直接往基尔的伤口上泼撒。

“呀啊啊啊啊啊啊啊啊啊啊！”

基尔无法忍受这个疼痛，发出了惨叫。

但是，问题根本不在这里！要是放着不管的话，恐怕小命难保。

伴随着嘎吱嘎吱的声音，附着在基尔后背深处的……像甲壳一样的东西脱落了下来。

“呼……呼……”

“尚……尚文大人？到底发生了什么？”

“这个村子总是会遇到这种事啊。”

听我这么说……拉芙塔莉雅终于明白是怎么回事了。

这座位于国土西南方的村子，曾经被失控的生化植物占领过。生化植物会把种子播撒在路过的人身上，通过寄生达到操控人类的目的。

没错，这些神秘魔物也在基尔的背上留下了类似于卵的东西。

“呃唔……”

“我就说嘛……恢复这么慢也太奇怪了。”

这么短的时间内居然就完成了产卵的步骤，真是相当难对付啊……咦？

“主人！”

在附近巡逻的菲洛高声喊我。

“怎么了？”

“那个哦，菲洛刚才看见，那个魔物从魔物的尸体上飞出来了哦！”

什么？看起来，这种魔物是用尸体做媒介，不断增加数量。

“快把附近的魔物……不，是所有生物的尸体都集中到一起！然后全都烧掉！”

我无法确保这样做就能有效果。但是，如果不做，受害程度只会更大。

“基尔还好吗？”

“这……这只是小事一桩。咦……”

基尔本来准备站起来，却无力地摔回治疗台上。

“用不上力气……”

“现在就专心接受治疗吧，不需要连你都带伤上阵。”

“什么啊！我也想和大家一起战斗啊！”

“现在你的身体也不允许。在恢复健康之前，先好好接受治疗。”

“唔唔……”

痛感自己的无能为力，基尔把脸埋进枕头里哼哼唧唧。

拉芙塔莉雅温柔地抚摸他刚刚治好的后背。

“主人！”

“怎么了？”

“之前没见过的魔物出现了！”

“可恶！没完没了的！”

我匆忙从治疗院里跑出来，向着菲洛所在的方向跑去。

拉芙塔莉雅、艾克蕾尔、婆婆也和我一起。

“唔啊啊啊……”

莉西亚大概是和菲洛一组吧，面对着潜伏在夜色中的魔物又发出了让人难为情的叫声。

我仔细看向前方。

在黑暗中确实能看到魔物。

这次的魔物全长大概有两米半，身高和菲洛鸟形态的菲洛几乎差不多，全身覆盖着毛发，看起来就像传说中的雪人。它们的背上果然也带着龟壳一样的东西。

魔物的名字也出来了。

——的使魔（雪人型）。

唔……果然还是不显示本体的名字。

背着龟壳的雪人挥舞着拳头冲了过来。

攻击目标果然还是看上去比较弱的村民。

“各位！上啊！”

“是！”

听了我的号召，大家都点点头冲上前线。

我挡住了巨大的拳头，趁着它的动作减慢，所有人一起发动了攻击。

战斗并不艰苦，得到的经验值虽然比不上卡尔米拉岛，也是很高了。

“艾克蕾尔、婆婆，如果要和这种东西作战，一般冒险者的话需要有多少等级？”

“我也只是估计个大概，但是要单打独斗的话至少应该要有Lv45。”

“即使有武术方面的才能，我也觉得至少需要这个等级。”

最低Lv45……而且还得是技术优秀的家伙，这是前提。

那么可以认为一般需要Lv55左右吧。

如果没有国家的许可，一般冒险者的等级上限是Lv40，遇到这家伙可就要陷入苦战了。

这次的魔物好像也很少出现，所以村民们也不认识。

但是不管怎样，它们也确实是出现了。

这些同样背负着龟壳的家伙们，本体到底在哪里，是我们必须要找出的答案。

“唔啊啊啊……”

莉西亚一边提防着被打倒的魔物会不会突然暴起，一边在查看什么。

“那个……就是……”

莉西亚吞吞吐吐的，好像有话要对我说。

如果我皱起眉头反问她，多半也只会让她更害怕吧。

所以我尽量装作平静地开口询问：

“怎么了？莉西亚。”

“就是那个。这种魔物我不知道是不是曾经在书上……或者故事里看到过，有这个印象，又不是很确定。”

“什么？”

“呀啊啊！”

我真想让她别再一惊一乍的，但是莉西亚毕竟是莉西亚。

冷静点……她总比其他几个勇者好对付。

“不好意思。那么，能告诉我你看的是什么故事吗？”

“唔啊啊……对……对不起。我还没有想起来。”

虽然她的叫声让我有点不耐烦，但这次至少她说出的话是有意义的。

这么看来，留下莉西亚也是有些好处的。

室内派万岁……虽然她在实战方面实在蠢笨。

“快想想到底是什么故事。不，应该说，希望你想起来就马上告诉我，说不定能帮我们找到解决问题的正确方向。”

“是……是的！”

之后大家轮换交替休息，还是要好好守护住村子的安全。

问题在于现在梅尔罗麦克全国都有魔物，只守住一个村子好像没什么意义……不过总比一个村子都守不住好些吧。

明早第一件事就去跟女王汇报，而且还得问清楚其他几个勇者的情况。

……从这天开始，其他勇者再也没有返回城堡汇报过情况。

第十三话　游戏知识反噬之时

“那些笨蛋！”

这是我在西南村子调查情况的第三个晚上。

从第二天晚上开始，城堡方面就没有收到过其他勇者的汇报了。

女王派出的影一直追踪着勇者的伙伴，等那些影传回消息，已经是第三天的下午。消息说勇者们已经离开了各自负责的区域，据说是要去解决问题。

我白天出去调查自己负责的区域，晚上回来才知道了这个情况。

基尔回到城堡的治疗院，接受正规检查和治疗。

而莉西亚说对这些魔物有印象，所以就让她留在城堡的图书馆里进行调查。

那些神秘魔物……果然数量也变得越来越多，开始袭击附近的村子和城镇了。

外形像蝙蝠的那种魔物基本上没有太大的威胁，所以还好应付；雪人就麻烦得多，虽然数量少，但是普通冒险者遇到它们就会陷入苦战。

冒险者公会方面也已经接到指令，会派出更熟悉战斗的冒险者。

话题重新回来，那些勇者们……我就知道他们有所隐瞒，这下子露出狐狸尾巴了。

据说那些勇者们已经强行突破梅尔罗麦克的国界。

“他们突破国界时的证词也同时被传回来了，这就是记载了当时对话的文件。”

“我看看……‘这是为了解决这次的事件！不要妨碍我们’！”

我接过文件，揣测着纸上写的这些文字背后的深意。他们果然对情况是有了解的吧。

其他还有诸如“我们不是要违背和女王的约定”“这是为了解决事件迫不得已的”之类的借口还写了好多。

“怎么办？要去追吗？”

我不知道这些家伙想去哪里，如果他们出了什么意外死掉了，那对我来说就是莫大的麻烦。

“是啊……不过，如果现在去追，可能会事倍功半。”

“为什么？”

“听说他们路上一直更换飞龙和菲洛鸟，不停歇地赶路，甚至都没有休息。”

唔哇……这可麻烦了。

我仰仗的交通方式就是菲洛。菲洛本身脚程非常快，能跑出普通马和菲洛鸟望尘莫及的速度。

但是，菲洛可不是汽车，她是生物，还是需要休息的。

再加上其他勇者还用上了飞龙，那就更麻烦了。那东西飞起来是可以不顾虑地形因素的。

如果他们路上不停地更换飞龙和菲洛鸟，我只靠菲洛是追不上的。

虽然可以学他们的方法换乘，但也只能和他们保持同样的速度——不可能从后面追上先起跑的人。

如果把菲洛也加入换乘的梯队里，说不定还能追上。

但是这几个勇者又是各自走了不同的路线。

如果兵分三路去追……就算追上了，也没有对付他们的方法。

用强硬的手段，恐怕只能让事态更复杂，而且距离浪潮也只有四天了。

恐怕还没追上，浪潮就要先来了。

是要去参加其他国家的浪潮吗……可是，梅尔罗麦克的浪潮会自动把勇者们召唤回来吧？

总之，为了应对即将发生的浪潮，我们也只能尽力做好准备了……

“知道勇者们要去什么地方吗？”

“根据各位勇者选择的方向来推断的话……”

女王用手指着一处地方，那是距离梅尔罗麦克有相当距离的一个东方国家。

……又是东方。我应该可以确认，这个方向肯定和这次的事件脱不开关系了吧。

“按照他们目前的行进速度，勇者们应该会在三天后抵达目的地吧。”

“浪潮爆发的前一天吗……你觉得他们是要做什么？”

“还是提高警惕比较好吧。不过……这些魔物，莫非……”

如果能用传送直接过去就好了……真是麻烦。

可惜传送只能传到曾经登记过的地方。

……嗯？

“我可能有追上他们的办法，稍等一下。”

我用传送和拉芙塔莉雅她们会合，直接找到菲洛。

“什么事，主人？”

“我想和菲托莉亚说话。”

“知道了。”

拉芙塔莉雅、艾克蕾尔和婆婆都在旁边看得莫名其妙。

“那个……她问有什么事。”

我铺开地图，用手指着大概是勇者们目的地的地方问道：

“用你的传送能力可以把我们送到这个地方吗？勇者们都往这里跑。我想追上去问问他们要做什么。”

听我说完，菲洛的呆毛又开始抖动起来。

“嗯，嗯，知道了。那个哦，菲托莉亚说那里已经超出了她的管辖范围，所以不行。”

“啊？等一下，她知道勇者们是去做什么的吗？”

“嗯。虽然也很想帮忙，不过四圣勇者之间的关系已经这么糟糕了……为了这个世界，还是放弃吧。”

这是……菲托莉亚那家伙，之前就曾经说过：“……在某次浪潮之后，世界会强制性牺牲所有的生命。”她现在这么说，难道是这个时刻就要到了吗？

“是为了人，还是为了世界，只能二选其一。如果你和其他勇者关系不好，想要放弃自己的使命，就活到那个时候吧。只要在那时选择世界，虽然会伴随着莫大的牺牲，你最终还是能完成自己的使命。”

现在……就是那个时候了吗？

“她说如果顺利的话，说不定就不会再有浪潮了哦。”

“会是那样吗？”

“那个，尚文大人，你和菲洛……不对，和菲托莉亚陛下在说什么啊？”

“啊，就是我们上次和菲托莉亚见面的时候谈到过的事。如果愿意为了世界牺牲所有的生命，世界就会得救。”

“那几位勇者是为了这个世界去做什么吗？”

艾克蕾尔上前一步问道。这种可能性真是非常小了。

“总之，虽然不知道会发生什么，但这次的事件，甚至整个由浪潮导致的灾难，都有可能因为那几个勇者们现在要去做的事而全部解决。”

“没问题吗？”

“我也有点担心。需要保护的地方太多了，我也没有空闲……”

我再次对着菲洛的呆毛开口说道：

“但是我也不能就这样放弃。我还是要去追他们。”

“那个哦，她说那你加油，菲托莉亚会在远方关注的。”

真是的，这个菲洛鸟的女王，完全不考虑人类世界的问题，也不告诉我事情的原委。

她可能已经放弃了吧。

不过，她这样做也是无可厚非。

明明情况都这么险恶了，这些被称为勇者的家伙们居然还在搞内讧。

如果我是菲托莉亚，也一样会放弃。

但是，她心里还是抱有一丝希望的吧？

希望有人是为了人类而战……但是自己也不会为此提供什么便利。

我带着大家一起回到了女王身边，说明了情况。

“原来如此……勇者阁下们果然还是有什么目的吧。”

“那里是不是沉睡着什么东西？”

就在这个时候，莉西亚跑到王座所在的房间来找我们。

她整张脸都铁青着。

看起来和女王一样，莉西亚也发现了什么。

“唔啊！”

“你在做什么？”

“唔啊啊……是……是这样的。那个……”

“嗯？怎么了？”

“我知道树阁下要去哪里之后，就想起来那种魔物是什么了。”

“哦？已经知道了？”

“是的。是在过去的勇者传说里提到的。我看到的故事里面说，有种叫作灵龟的魔物，它的使魔就是那样的。”

“是的，应该没错。”

“灵龟？”

是幽灵的灵和乌龟的龟吗？

在我原本的世界里，灵龟应该是一种传说中的幻兽。

虽然比不上游戏设定中经常出现的四圣兽那个级别，但也作为四灵之一闻名于世，还被称作瑞兽，地位上是可以与四圣兽分庭抗礼的。

如果说四圣、四神是青龙、朱雀、白虎、玄武的话，四灵就是麒麟、凤凰、灵龟和应龙。

因为都是些很类似的动物，所以也有人以为根本就是同一种东西，其实不是的。

具体到灵龟也是同样的，和灵龟相似的应该是玄武。

灵龟是背负着蓬莱山的巨龟。

玄武的普遍形象都是长着一条蛇形的尾巴的巨龟，四肢很长，是保护北方的守护兽。

而蓬莱山位于东方，是仙人居住的地方，所以背负蓬莱山的灵龟不可能是守护北方的守护兽。

“也就是说，这次出现在梅尔罗麦克的神秘魔物，其实就是灵龟的使魔吗？”

“恐怕……”

……这可相当麻烦。可能真的需要我去一趟了。

“唔……”

在我的世界里，灵龟应该是负责治水还是什么的瑞兽。

另外还有很多传说，比如可以预卜未来吉凶之类的。

“这样的怪物，居然就是这次事件的幕后黑手吗？”

其他勇者也是为了先下手为强，所以开会时才什么也不说，却在私下里偷偷行动的吧。

他们的目的也不难推测。

对于他们来说，灵龟多半就等于是个能掉落强大武器的魔物而已。

只要能顺利打倒灵龟，不但能解决威胁整个世界的大问题，同时还能得到强大的武器。

而且群众肯定不会称赞我，而会去称赞他们了……这几个人就是这么想的吧。

“可是灵龟是被勇者封印的，据说解除封印的方法也被勇者带进了坟墓。”

“那三个勇者本来就有这个自信，觉得自己对这个世界的情报都了如指掌吧？”

根据游戏经验之类的，可能会知道已经失传的解开封印的方法。

他们多半就是想按照游戏里看过的方法去解除封印吧。

意识到这一点之后，我才发现树的话里也暗示过这个意思。他当时说过“你能嚣张的也就只有现在了”。

我当时以为他只是输不起，在宣泄自己的感情，没想到真正的原因居然是这样。

既然三个人都在赶往同一个地方，那这个敌人应该也就是Lv80左右可以对付的水平吧。说不定还很轻松呢。

又是根据游戏知识做出的判断，真希望他们都能理智一点。

这件事恐怕又会成为我抱怨他们的一个契机吧。

“可是，那些使魔已经闹到这般田地，会不会是封印其实已经解开了呢？”

“……也是啊。”

这和其他勇者应该无关吧。

“总之为了以防万一，还是做好需要战斗的准备吧。”

按照菲托莉亚的说法，我什么都不需要做，浪潮自己就会消失，但是接下来会发生什么事，就很难预料了。

所谓的牺牲性命，到底是怎么回事？恐怕菲托莉亚自己也记不清楚了吧。

而且我也不可能真的什么都不做。

“为了以防万一，我们还是得去追一下那几个勇者。”

“明白了。因为岩谷阁下的帮助，现在某种程度上我们也知道这件事的起因了，处理魔物的工作也可以委托给冒险者公会。就请您去助各位勇者一臂之力吧。”

“真是的，这些家伙真是任性妄为惹人烦。”

“是啊。勇者们进入封印灵龟的国家时，我会尽量通知让他们帮忙拦一下的。”

这就很方便了，就是不知道他们能不能拖到我赶到。

现在的问题是，即将爆发于梅尔罗麦克境内的浪潮要怎么办？

如果修行的成果能体现出来就好了。

现在艾克蕾尔和婆婆也算是我的伙伴了……相信我们会比之前更善战的。

我们就这样离开大厅。我看好时间，用传送回到了西南方的村子，叫上菲洛拉起马车，就这样出发了。

我们已经完全被卷入这场关键的大战，即将目睹世界能否成功跨越浪潮的威胁。

一行人跨过梅尔罗麦克国境进入邻国，是在第四天的早上。

菲洛彻夜不停地跑了一晚上，才刚刚进入邻国……剩下的路还有很长。

在摇摇晃晃的马车之中，艾克蕾尔和莉西亚都因为晕车倒下了。

“盾……盾之勇者阁下……停一下……呕……”

“唔啊啊啊啊……呕……”

“停下可就追不上了吧。”

我一整晚都在这么说。这几个家伙，明明胃里都应该没有东西了，还是在犯恶心。

与此同时，菲洛也开始露出疲态了。

“没办法了。虽然有些浪费时间，但还是休息一下吧。”

“是……菲洛好累哦，好想睡。”

马车停下之后，菲洛就直接在原地睡着了。

用马车追踪，恐怕最后也是无功而返。

路过城镇的时候，我也找影打听过其他勇者现在到了哪里。

好像他们也还没有抵达目的地国家。

但是在浪潮到来之前的那天，应该是可以赶到的。

至于我……那个时候可能还在路上。

毕竟我开始追他们的时候，就已经是浪潮来临之前的倒数第二天了。

——突然之间，我耳边传来玻璃碎裂的声音，伴随着让我头晕脑涨的巨大冲击力。

和浪潮来临时的声音很像……又好像有哪里不一样。

“刚才……发生了什么？”

“啊？”

我环顾周围。

还以为自己被传送到浪潮附近了，结果却根本没有移动，还是坐在马车上。

“到底是怎么了？”

“我只知道肯定是发生了什么。菲洛，难道说，这是灵龟的封印……解开了？”

我可以认为勇者们已经抵达目的地了吗？

我把视野一角那个通知浪潮到来时间的红色图标点了出来。

——倒数计时停留在距离浪潮来临还有两天的数字上。

与此同时，在这个倒计时的旁边，另一个……蓝色的倒计时出现了，显示着数字“7”。

“又出现了另外一个沙漏。上面写着数字‘7’，但我不知道这是什么意思。”

我又点开了帮助说明，想看看有没有新的项目出现。

可是，也没有找到有关联的内容。

这个时候的我，一方面在期待着也许有机会能够放弃身为盾之勇者的责任，另一方面又被牺牲生命放弃世界的罪恶感压迫，陷入了迷茫。

“怎……怎么办？”

“只能继续追了吧。”

虽然我不知道发生了什么，但是也不能放着不管。

“能用传送吗？”

我吟唱传送盾查看。

……嗯，好像还是可行的。

只是，我还是不清楚到底发生了什么。

我能够推测的，就是事情应该发生在那个东方的国家吧。

是那些勇者们做的吗？

我们接下来又乘坐菲洛拉的马车赶了一天的路。

路上接近一座城市的时候，被那里的影拦了下来。

“盾之勇者阁下，请先返回梅尔罗麦克一趟。”

啊，这个影没有说“是也”。

影里有一个怪人，每句话结尾都会说‘是也’。

除了他之外，我完全无法分辨这些影谁是谁。

“有什么事？”

“那个——”

事情就是从这个时候开始的……菲托莉亚的想法，我的考量，以及勇者的失控……把所有一切都破坏殆尽，撼动整个世界的大事就此展开。

第十四话　勇者的意义

“灵龟正在向人多的地方移动。女王请求盾之勇者阁下先回城。”

“什么？”

理应被封印的怪物，居然向人口密集的地方移动……喂喂喂，这个情况已经相当严峻了吧？

“追踪其他勇者的影没有发回什么情报吗？”

“虽然每位勇者都有人跟着……但是情况还不明确。”

“唔……我知道了。那我先回去一趟。”

我们使用传送盾的技能回到梅尔罗麦克，为了与女王谈话直接前往王座的大厅。

“我才刚出发没多久，事态居然就变成了这样。”

“真是非常抱歉。”

“那么，跟踪勇者的人那边的消息呢？”

估计他们抵达目的地国家之后，仅仅凭借游戏知识就去解开封印，又缺乏常识，做出了什么荒唐事吧。

“是这样的。其实，在几位勇者阁下进入封印灵龟的那片土地之前，灵龟就已经开始行动了……在一片混乱之中，勇者阁下们表明了自己的身份，迎着灵龟行进的方向追上去了。”

“然后呢？”

女王的眼神有些闪躲。看起来答案应该不会太好。

“……信息好像就这样断掉了。”

他们是笨蛋吗？居然仅仅凭借游戏知识就去对抗打不赢的对手……

不过，至少封印不是那几个勇者亲自动手解开的，可以说是不幸中的大幸吧。

那几个家伙，恐怕真的觉得灵龟很好解决，解开封印也无所谓吧。

女王的脸色发青。一定是因为她女儿也身处险境吧，这也是理所当然会有的反应。

“树阁下！”

莉西亚转身就跑，想要马上跑去连她也不知道的地方。

“菲洛，去吧莉西亚抓住。”

“是。”

菲洛迅速地追上莉西亚，把她抓住了。

“请放开我！我要去帮助树阁下。树阁下！”

即使被那样对待，她居然还是对树痴心不改，树也是很幸福的啊。

“冷静点。”

“唔啊啊啊！”

“别哭！”

“唔啊？”

“虽然我们还不知道灵龟到底是什么样的怪物，但是也不能肯定他们就一定会死。不到最后一刻都不要放弃。”

“可……可是……”

“再怎么说，那些家伙至少狗屎运一直很好，就多给些信心吧。”

他们之前不是输给过葛拉丝吗？被教皇偷袭之后也活下来了。就连被拉尔科攻击之后，也只是无法继续战斗，并没有危及生命。

这都死里逃生三次了，说不定这次也真的没事呢。

一定是吼着“嘎啊啊啊啊”什么的，在灵龟的脚下晕过去了吧——大概。

不这么说服自己，我也不知道要如何继续了。

“是……是的！树阁下，一定要平安无事啊……”

莉西亚已经开始祈祷了，我看着她陷入沉思。这孩子总在奇妙的地方表现得非常单纯，她的灵魂同时犹如豆腐一样的脆弱和钢铁一样的坚强。

真是个不可思议的家伙啊。

“总之，我们也只能亲眼去看看灵龟的情况了吧？”

“这是唯一能救他们的方法，而且也不能眼睁睁看着大量民众因此牺牲，也只能尽全力放手一搏了。”

两天之后。

我们为了对抗灵龟，率领着女王安排的骑士团，联合了附近的国家，组成了一支联军。

最前线的领队是我。

一路上，不时有灵龟造成损失的消息传来。

已经有五座都市、三个要塞和两座城堡沦陷了。牺牲者的人数好像也在不断攀升。

灵龟是巨大的怪物，而且它附近聚集了不少使魔。

之前灵龟还在封印中，使魔就已经不断增加，现在又和本体一起肆虐……大概就是这样的情况吧。

灵龟本身就会造成很大的破坏，使魔还会追着逃跑的人狠下杀手，看起来它们应该是有意识地向人口密集的地方移动的。

“你觉得那些勇者们还活着吗？”

“活着应该是可以确定的。”

“你怎么知道的？”

“法普雷的四圣教会里，有能够确定勇者是否活着的器材。为了以防万一，我请他们测了一下，得到了勇者阁下们确实都还活着的回答。”

这可是个好消息。莉西亚脸上也露出了放心的表情。

只要能顺利打倒灵龟，就还有希望。

最可怕的就是其他勇者都死了，四圣只剩下我自己，还要勉为其难去打倒灵龟了。

菲托莉亚应该会以保护世界的名义赶来杀我吧。

“那七星勇者什么的会来吗？”

“已经提出了请求……但恐怕还是我们联军会先抵达现场。”

虽然也可以等七星勇者抵达……但是牺牲者也会因此增加，这可关系到勇者的颜面了。

而且让我指望七星勇者的实力有多高，好像也有点勉强。

更何况……我自己可能也不太行

即使知道放着不管浪潮也会结束……如果要付出那么多人命的代价，我也不能就这么选择逃避。

只要不至于战死，我还是会去挑战灵龟的。

另外……虽然菲托莉亚说让灵龟随意破坏，浪潮就会平息，但其实也不知道是不是真的。

“……不管怎么说也只有放手去做了。那么，我们这边的兵力现在是怎样的？”

“由附近诸国的骑士、士兵和冒险者组成的联军已经集结。只不过……好像有一部分国家已经先与灵龟交战，并且已经惨败了。”

“勇者还没到，就开始攻击了吗？”

“毕竟在眼前遭到灭国危机的是他们自己的祖国啊。”

“……是这样啊。”

虽然有勇无谋，但也是必有所为吧。

感情上我也不是不能理解。

“能指望的勇者就只有我吗？”

……老实说，我也没有勇者该有的样子。

现在面对的是一个能造成如此巨大破坏的魔物，我方居然只有一个勇者，而且还是专长于防御的盾，也一样是有勇无谋吧。不过，总得先看清楚对方到底是什么样的怪物，不然说什么都只是空谈。

“好像已经能看到了。”

女王和菲洛拉的马车并驾齐驱，伸手指着前方对我说。

我看着远方的地平线——说不出话来。

“那个……看起来好像地平线那边有座山在移动啊……”

我们要和那种东西作战吗？

虽然隔得这么远看得不是很清楚，如果用狩猎怪物的游戏来打比方的话，现在出场的就是像山一样巨大的龙——简直比巨龙还要大。

回想一下那种旧时代绘制的世界地图，图的四周会画出大到难以置信的巨龟支撑着陆地，那恐怕是与眼前这只怪物最接近的形象了吧。

巨大的怪物身上背着像山一样的甲壳，上面还有城镇废墟的残骸。

这就是灵龟吗？

“对了，女王，在勇者和灵龟战斗的传说中，勇者是怎么和那种东西作战的啊？”

“好像是沿着灵龟背上的山脉侵入它体内，最后封住了它的心脏，才总算艰难地把它封印了。”

也就是说，要先拦住这个怪物，再进入它的体内……不，要拦住它这件事就已经是不可能完成的了。要达到这个目的，联军不知道要付出多大的牺牲。

“有没有计划啊？”

“算是有一个。灵龟好像有种习性，会攻击人口密集的区域，我们先确定它的行进方向，疏散路线上村子、城镇和据点的人员，再把它诱导到比较适合攻击的地点，然后在那里开战。”

“不可能就这么简单吧？”

“是啊，还要像传说中一样，给勇者们制造机会进入它的体内，直接攻击心脏。”

我要用暴怒之盾的铁处女或者血色献祭来攻击吗？

好不容易才治好了盾的诅咒，又要面对这样的敌人，也确实没有别的办法了。

“但是，就算用这样的方法，损失也还是很大吧？”

就算我们进入了灵龟的体内，它也不会停止大肆破坏啊。

这样一来……在打倒它之前肯定会造成巨大损失。

“……是的。”

“放开！我……我才不去呢！盾呢？让盾去啊啊啊啊！”

“……”

垃圾在女王身边吵吵嚷嚷的。

女王单手在垃圾脸上甩了一巴掌，又用冰系魔法做了一个面具，让他闭上了嘴。

……这样可不行啊。

“大家都知道会损失惨重。但要彻底把那家伙打倒，也没有别的选择了。”

都是因为垃圾这么一闹，严肃的气氛都没了。

话说回来，为什么这家伙会出现在这里？他好像也是个将军，但他这个样子还是不来比较好吧。

“这样不行吧，从各种意义上来说。”

“怎么说？”

“你丈夫也不行啊，而且这样做损失太大了。”

我觉得这个方案太莽撞了，也会加重损失。

不了解灵龟的攻击具体是什么样子，就没办法制定对策。

现在我们手上掌握的，只有这个世界的战损情报。

“总之……先去参加联军的会议吧。”

“知道了。”

我们回到司令部，我让拉芙塔莉雅她们待命，自己去了联军正在进行作战会议的地方。

“哦……是盾之勇者阁下！”

“请务必救救我们的世界。”

“拜托了。因为那个家伙，我们的国家……”

联军高层的脸色都很难看。这个状况确实让人绝望。如果我也跑了，就根本没有对策了。

“首先要确定的，是如何与那么巨大的对手作战吧。”

女王一脸严肃地发言。至于垃圾……好像没有跟过来。

反正他来了也只是添乱。

“是啊。勇者面对那样的对手能有什么用吗？”

这是身为勇者的我最关注的问题。

以前，我也打倒过身形巨大的次元鲸。

但是，现在对手换成了明显比次元鲸更巨大的灵龟，我可没有自信还能得到同样的结果。

“总之我先问一下，封印灵龟的方法流传下来了吗？”

"是的。根据调查的结果，应该是可以使用的。"

"这魔法我们也能运用吗？"

"这个……"

女王有些支支吾吾的，看起来应该是用不了吧。

对啊，哪有那么好的事呢？

"这样啊……"

"现在联军有魔法部队，集体魔法算是能勉勉强强用来封印。"

"也就是说要等到灵龟被削弱之后，再用魔法封印它咯？"

"……是的。"

桌子上铺着一张地图，我看了一下灵龟所在的位置和附近的城镇。

好近啊！这里马上也要被卷进受灾的范围了。

"避难措施已经准备好了吗？"

"……情况还很严峻。"

"这样啊。那也只能由我们去拖延一下时间了……"

虽然不知道是不是它的对手，也只能硬着头皮上了。

只是靠近一点，已经感觉到了大地相当明显的震动。

地势不同，恐怕有些地方地面都已经开裂了，这可太危险了。

而且这次我们面对的还是一个有明确目标的怪物，必须要引导民众避难才行。

"转移群众大概还要多久才能完成？"

"在灵龟抵达之前应该是来不及的。"

受害者还会不断增加……怎么办？

为了世界牺牲……如果我现在逃跑，虽然会背负冒牌勇者的污名，但却可以苟且偷生。

但是，我还是想尽可能地做出抵抗。

并不是突然觉醒了正义之魂什么的，而是为了全心全意信任我的拉芙塔莉雅……

在我沉默不语的时候，女王已经给联军解释了灵龟的目的。

“怎么会……居然是这样……”

“这是真的吗？”

“是的。据说在灵龟肆虐期间，浪潮是被抑制不会爆发的。”

“怎么能信这种鬼话！一定会乱套的！”

“那么，毁灭世界和一部分人生还延续这个世界……要选哪一边呢？”

是要牺牲人命拯救世界，还是要为了眼前的人命牺牲这个世界，两个选项都不想选。

我站在开会的帐篷里，看着正在休息的菲洛。

如果是菲托莉亚的话，应该可以战胜这个敌人吧。

想这些也没有用。那家伙已经对勇者失望了。

虽然那几个勇者活了下来，我也没有自信今后能和他们友好相处。

不过……如果这次失败能让他们切实感觉到自身的弱小，说不定就能稍微正视一下我之前说过的话了吧。顺利的话，菲托莉亚也不是不可能再改观。

“怎么样了？”

“法普雷的人在做什么？”

“他们那边的人太被动了，每次都要发生问题了才想起来去解决！”

“以盾之勇者为核心，等待七星勇者到来才是贤明之举！”

“但是，在七星勇者抵达之前，又不知道要损失多少城市和要塞了！”

“是因为你们的国家还没被破坏，才能说出这种话吧！必须尽快把它打倒才行啊！”

“这也是为了这个世界吧？”

“剑、枪和弓之勇者不是已经不见了吗！”

场面已经非常乱了。

以我的立场来说，必须改善此时四圣勇者的信誉岌岌可危的现状，所以更不能乱说话。

不管我说什么都肯定会有人反驳，必须连下一步反击都考虑清楚。

既然勇者们还活着，我就必须要解决眼下的这些问题……

老实说，这甚至与世界会死多少人没有关系。因为对我来说，他们也都是一些不干好事的家伙。

但是我也发过誓，要为了信任我的人而战。

拉芙塔莉雅……一直相信我可以在尽量减少牺牲的前提下拯救这个世界。虽然我以她的长辈自居，也想要表现得潇洒帅气一些。

而且，如果必须要用这种惨烈的方式才能拯救世界，这样的世界也就没有存在的必要了。

菲托莉亚想必也明白这一点。

“必须要打倒那个家伙，尽可能减少牺牲者。”

既然已经到了这个地步，我也不能再像之前那样行动了。

必须表现出盾之勇者是拯救世界的正义勇者的一面，让这种形象广为流传。

即使这与我内心的想法并不相符。

……这也是为了信任我的那些家伙。

“说得再多，还不是因为四圣勇者靠不住才会这样！现在这里也就只有一个盾之勇者！其他三个人怎么回事啊！”

“除我之外的勇者现在行踪不明。”

“看看现实吧！只有嘴巴厉害有什么用！而且只有一个不能攻击的盾之勇者，又能干什么！”

“那么，我来问问你们吧。勇者到底是什么？”

“那……那是……”

没有人能回答我的问题。

“勇者就是把强大的力量用在正确的事情上，有勇气的人。”

不知道女王是不是意识到我要表达什么，马上给出了这个答案。

很好，既然她已经懂了，就按照计划继续吧。

“勇者重要的是内心——不管遇到多么令人绝望的情况都不会放弃的内心。必须有想要保护大家的意志才称得上是勇者！”

我到底在说什么啊？

虽然是我自己说出来的话，还是听得我直发冷。

我本人可不是这种大善人。

不过，大家应该喜欢听这种话吧？

正义啦，保护啦，意志啦，内心啦。

“如果在场所有人的力量都不足够的话，我会作为盾，奉献出我的力量。”

“盾之勇者阁下……”

听我讲话的人都感动地发出叹息。

我说话时尽可能地大声，外面应该也有很多人都听到了吧。

“盾之勇者阁下，请原谅我们刚才的无礼。”

“不要放在心上。阁下……不，是所有的人，这些对无能勇者的愤怒，就全都由我来承受吧。”

接着，我把手伸向一个大概是其他国家的将军的人。

“所以，只有这一次，希望你们助我一臂之力。大家齐心合力打倒那个家伙！”

“是！”

那个将军握住了我伸出去的手，用力地点了点头。

还挺简单的啊。

这样一来，起码提前解决了打倒灵龟之后将会面临的问题。而且对提高联军的士气应该也有些作用吧。

剩下的就是制订一个打倒灵龟的计划，我再像刚才公开表示的一样以正义勇者的姿态去战斗就行了。

“那么话题再回到刚才。各位，不要被使人绝望的现状压倒，希望大家能想出尽量减少牺牲的办法。”

……女王一脸微妙地看着我。

她知道我本来是什么样的人，当然也就知道我绝对不会真心实意地说出这种话。

接着女王也点了点头，会议重新开始。

“那么，做好准备就马上开战。”

会议结束，我一走出帐篷，拉芙塔莉雅就叹着气拦住了我。

“尚文大人，你又做了什么？”

谁让我刚才故意大声说话，让帐篷外面也能听到呢。

不过看她这个反应，好像也没有听得很清楚。

“啊，就和在卡尔米拉岛上威胁那个诈骗商人是一样的。”

“唉……我不清楚是什么情况，但好像也理解了。”

“姐姐，主人他哦，对所有人——”

“闭嘴吧，菲洛。”

既然拉芙塔莉雅没听到，不是正好吗？

反正她知道了也只会露出微妙的表情。

嗯？莉西亚怎么一脸仰慕地看着我？为什么她的眼睛这么亮啊？

“我很感动！虽然害怕，也会加油的！”

不只是菲洛，连莉西亚也听到了吗？

那为什么拉芙塔莉雅没听到？

顺便一提，答案是因为她中途离开，去申领用水了。

然后她一回来，周围的气氛已经变了，就像我每次引发问题时一样。

我就没做过什么好事，她会误会也是理所当然的。

“嗯，连我听了这番演讲也很感动。盾之勇者阁下虽然说话不好听，但是该做事的时候也是会踏实做事的。”

发表这一番感想的是艾克蕾尔。

因为她总是一本正经的样子，可能也没有仔细思考过我是什么作风吧。

“到底说了什么啊？告诉我吧。”

“哦，盾之勇者阁下他——”

“不用再说了。反正都是虚张声势。”

“是虚张声势吗……”

“如果我不顶上去，勇者的声望就会降低，所以我就信口开河了。”

“尚文大人……你果然还是说了什么不该说的话吧。”

拉芙塔莉雅大概是猜到了，不禁又叹了口气。

反而是艾克蕾尔，好像被事实震惊了一下。

“我只是不想自己受损失而已。”

“就算你用这么自满的语气说……”

“把我浪费掉的感动赔给我！”

艾克蕾尔满腔愤慨。我才不管呢。

“我一直背负着冤屈战斗。如果胆小怕事，对别人逆来顺受的话，又怎么能证明自己的清白呢？有时候虚张声势也是很重要的，学着点吧。”

“艾克蕾尔小姐，尚文大人这个人，虽然说话不好听，但是该做事的时候也是会踏实做事的，而且很有行动力，请你一定要相信他。”

“唔……既然拉芙塔莉雅都这么说了……”

唔嗯……我看着被拉芙塔莉雅说服的艾克蕾尔，心情有点复杂。

这算是嫉妒吗？不对，可能是因为原本我才是最常站在她身边的那个人吧。

“有时候虚张声势也很重要啊。我以前也认识一个通过虚张声势达成目标的七星勇者呢。”

婆婆不停地点头赞同。

这个婆婆，她还认识七星勇者啊。

“我也希望那个勇者能快点认识到自己的使命啊……”

她是在说谁呢？

随便吧，反正早晚会在某个地方见到婆婆认识的那个勇者。

“那么，现在来讨论一下会议上决定的事吧。”

“好。”

“我们先去挑战灵龟。联军则负责在后方吟唱强力的魔法作为掩护。”

“和以前挑战浪潮也没什么区别啊。”

“虽然确实没变，这也是最普通的套路吧？再说，我们的对手也可能只是一个很大的花架子而已。首先还是看看情况吧。而且现在还必须要争取时间。它前进的方向上，还有没做完疏散的城市呢。”

“那就……只能拼了。”

“是！”

“明白了。不过尚文大人没问题吗？”

“使魔的攻击对我来说不痛不痒。剩下的就是看我能不能防住灵龟的攻击了。”

最糟糕的情况下，就用暴怒之盾来承受灵龟的攻击吧。

问题是会不会被情绪支配……这次也只能仰仗拉芙塔莉雅和菲洛了。

“莉西亚，不要害怕。”

“是。我会加油的！”

恋爱中的少女就是这样啊。

“对了，我一直都想说，你不要再发出那种声音了。”

“唔啊啊……”

“就是这个。你每次一碰到自己不能接受的事情就发出这种声音，每次听到都让人特别烦躁。”

“唔啊啊？”

“你是不是想和我打架？你只要改掉性格上的问题，一定能变得更强。就先从这个声音开始改。”

“我……我努力一下……”

不改掉这个毛病，她的精神就无法成长。必须要从心理上开始改善才行。

拉芙塔莉雅最初也有各种各样的毛病，只要一点点地改善就可以了。

“莉西亚，根据实际情况，可能需要你给女王传递消息。”

“可……可是……”

“我知道。你穿着那件玩偶服，脚程已经变快了。而且，还要看我们能不能打得过对方再说。”

没错……至少从外表上来看，这个对手可不是仅凭勇者的力量就能战胜的。

但是现在也不能临阵脱逃。

在那个有山一样大的怪物的游戏里，如果因为害怕就逃跑，永远都没办法打倒敌人。

首先还是要看能不能打得过吧。

“明白了。根据情况不同，再变动作战计划吧。”

“后方掩护就拜托了。最糟糕的情况下，我也得暂时撤退，等着七星勇者抵达再说。”

“明白了。岩谷阁下，这关系着联军今后的士气。请一定要回来。”

“了解。菲洛，我们去找那个大家伙。”

“是！”

“拉芙塔莉雅，就像平常做的一样就可以了。”

“明白。”

“莉西亚，你就照顾好自己吧。万一发生了什么，你就脱离战斗前线，去让女王保护你。”

“是……是的。”

“艾克蕾尔，你的剑术应该没问题的，就像和炼对战时一样就行了。”

“明白了。不过，你为什么要特意提起剑之勇者呢？”

“婆婆……我没什么要嘱咐你的。你想做什么就做吧。”

“好说！”

我安排好每个人，做好出发的准备。

“出发咯——”

菲洛跑了起来，我们向着灵龟进发，准备开始突击。

第十五话 灵龟

“走到近处，看起来就更大了。”

巨龟就在我们眼前，一步又一步地靠近。

它每迈出一步，就像引发了地震，四周不断摇晃。

“是啊。”

“……真想逃跑啊。”

“可以理解。”

就在一个月之前，莉西亚还在其他勇者的手下吃着残羹冷炙……不知不觉之间居然就要去挑战其他勇者都无法对抗的对手了。

……人还是要敢于尝试。如果真的危险，马上撤退就好了。

对我本人来说是没什么损失的。虽然我不是菲托莉亚，但是也要承认这也是拯救世界的一种方式。

虽然也不至于是对付灵龟专用，但我还是把盾牌变成了目前我所拥有的盾里最强大的战斗用盾牌形态。

鲸之魔法核盾（觉醒）+6 45/45 SR

能力已解锁……装备增益:泡泡盾技能，船上战斗技能2。

专用效果:水属性，热线盾（中），魔法辅助，魔力恢复（小），潜水时间延长。

熟练度:65。

物品附魔:Lv 6，火属性耐性提升15%。

业企鹅眷属灵魂：水属性的装备能力提升。
属性附魔：魔法防御+25。

这面次元鲸盾的性能，比起噬魂者盾来说还是强一些的。

次元鲸之所以能使出热线攻击，靠的是它身体上巨大的圆形水晶，这面盾牌看起来就像把那颗水晶一分为二取了一半，反击效果也是热线攻击。

而且盾牌有水属性，应该对水属性和火属性攻击有更好的防御能力吧。

我也只能用类似游戏中的设定来解释，按照大部分游戏里的生克规律，火属性对水属性的效果很差；用水属性攻击水属性，效果比用无属性攻击还要差一些。

另外，如果能搜集到所有属性的盾牌，还可以根据情况不同进行选择，应该也能提升防御效果吧。

作为专用效果的魔法辅助，这面盾牌还能让技能吟唱变得更容易，也会减少需要消耗的魔力。

而且还有魔力恢复（小）的效果，应该比偏重技能的噬魂者盾用起来更方便吧。

“好大的乌龟哦。”

“唔啊啊啊啊啊！树阁下！”

灵龟的使魔（蝙蝠型）汇集了过来。

没错，在得知本体的真正身份之后，这些家伙的名字也可以清楚地显示了。

“流星盾！”

我张开流星盾，让莉西亚退后。

“仇恨反应！”

我使用了诱使魔物靠近的技能，灵龟的使魔眼中发出射线，不断向我聚拢过来。

数量太多了，我眼前已经一片昏暗，什么都看不见了。

只有它们不停撞到结界上的咚咚声不绝于耳。

虽然结界暂时还不会被它们破坏，但是要靠近也很麻烦。

“交给我吧！啊呀哟哟哟哟！”

婆婆从结界里冲出去，像不停旋转的旋风一样不断向周围飞踢。

结果就直接卷起了旋风，灵龟的使魔都被她打飞了。

“我也不能输！哈！”

艾克蕾尔一抚剑尖，举剑划出了一个闪耀着魔力的X字样。

紧接着，剑尖上就飞出了两道闪光。

她的攻击还是远远比不上婆婆，最后只有几只灵龟的使魔被闪光击中。

但是，这个招式很快就能再次使用。仔细想想，可能是没有勇者使用技能时的冷却时间吧，或者虽然有但却很短。

真是方便啊。我不知道她具体有多少等级，如果是让我带着她从一级开始提升的话，一定会更强吧。

等到这场战斗结束，还能有机会的话，希望她能成为我的奴隶。

……这想法可真可怕啊。现在在我心里，“希望某人能变强”已经完全等于“希望某人成为我的奴隶”了。

如果我当面对她说这个，考虑到刚刚才发生过不愉快，我可能会挨揍吧。

对抗卡尔米拉岛的浪潮时，如果这两个人也在的话，结果也会有些不同吧？

“喝！”

“啊呀！”

拉芙塔莉雅和菲洛也跑出结界，开始攻击灵龟的使魔。

“叽叽叽叽！”

灵龟的使魔纷纷中招死掉。

厉害的人都集中在这里了。大家都很可靠啊。

如果接下来还能这么顺利就好了……然而却不断有更多的灵龟使魔聚集过来。

“呀！”

“哦呀呀！”

拉芙塔莉雅和菲洛也在不停地扫除灵龟的使魔。

看起来我们的战斗力好像比预想的还高一些呢。

普通冒险者要对付灵龟的使魔还有些难度，对于我们来说，却一直都不是什么大问题。

它们连流星盾都破坏不了，根本就是小杂兵的程度而已。

“没问题吗？”

“嗯。虽然数量有点多，但也不至于无法对付。”

“是吗？”

咕咚一声巨响，灵龟身上好像掉下了什么东西。

……这次同我们冲过来的魔物，外形就像是背着龟壳的大猩猩。

是灵龟的使魔（雪人型）。

“中级·灵气！”

我给伙伴们一个个都加上了援助魔法。

“初级·防御！”

与此同时，莉西亚也给我施加了一个提升防御力的魔法。

这个判断还是没有错的。看起来基础属性的高低与头脑是否聪慧果然是没关系的。

“我上了！阴阳剑！”

拉芙塔莉雅手中的剑黑白交替地闪烁着，切开了她眼前的魔物。

魔物被砍成两截，分别变成了白色和黑色的球，各自撞在其他魔物身上才消失了。

这是一石二鸟的必杀技吗？

“哦哦！拉芙塔莉雅你做到了！”

艾克蕾尔一剑穿透了身边的使魔，还不忘称赞拉芙塔莉雅。

“是。我是按照艾克蕾尔小姐教导的方式去做的。”

“我也不能输给你啊。上吧！”

“是！”

艾克蕾尔和拉芙塔莉雅的攻击互相配合，发挥出更大的效力把灵龟的使魔打散了。

这配合挺厉害啊！

“轻灵一闪！”

菲洛不断踢飞身边的魔物，她的高速移动一点都不受影响。

“啊呀哟！”

婆婆收拾那些菲洛漏下的使魔。

“呼，初级·水枪！”

莉西亚一边很不好意思地躲在结界里面，一边也在用水系魔法攻击使魔。

嗯，没有打倒。不过，至少也让对方的行动迟缓了。

“这个说不定还挺有用的。”

不过这都是建立在我们对付使魔还是游刃有余这个大前提之下的。

问题是本体。其他勇者恐怕也曾经和那个本体苦战过一番，现在虽然说是行踪不明，但也有可能还在灵龟的体内继续战斗。

“总之，还是要打打看了！”

“是！”

“是——”

“唔啊啊啊啊啊！”

随着我们距离灵龟越来越近，它的使魔们也越来越强……应该是这样吧，总之，我们打退了那些使魔，终于来到了灵龟的面前。

距离这么近，能切实感知它的巨大。只是一个头，就有一个村落的面积那么大了。

那么，接下来应该怎么办呢。

灵龟注意到了我们。

“嗷——！”

过于高亢的吼叫声让我们忙不迭地按住了耳朵，这应该不是要表达什么友好的态度吧。

流星盾已经开始闪烁，效果就要消失了，我重新吟唱了一遍，弹开周围的使魔，确认灵龟的状态。

灵龟看准我们伸出了前腿。

“糟了！”

这是强力的踢击。我慌忙举起盾防御灵龟的攻击。

伴随着玻璃碎裂的音效，流星盾被破坏了。紧接着，灵龟的脚就向我踩了过来。

冲击力瞬间传遍我的全身。

“唔……”

我向后退了几步。果然用流星盾还是防不住的。

灵龟的使魔就像看准了机会一样，又聚了过来。

“别捣乱！”

拉芙塔莉雅她们迅速跳到我前面，用各自的技能消灭了那些使魔！

莉西亚则藏在我的斗篷下面，完全不明白发生了什么事，只知道发出“唔啊啊”的声音。

“下一击又来了。”

虽然被灵龟踩踏，又处在它前进的路线，却没有受伤。

这可算是万幸了。

“哈啊啊啊啊啊啊啊啊！”

“啊呀哟！圣人阁下，请集中精力！”

“啊！你们也要小心，有什么情况就由我来挡！”

婆婆和艾克蕾尔在扫荡灵龟的使魔的同时，还对灵龟的头部做出了攻击。

虽然伴随着攻击也飞起了一点血沫，好像造成了一定的伤害，灵龟却完全不以为意。

……流星盾的冷却时间已经结束了。再重新开一个。

“嗯？你们几个！快到这边来！”

“知道了！”

“了解！”

电光火石之间，我们头顶上凝聚出一片雨云，群聚在我们身边的使魔都被雷击中了。

使魔就在我们的眼前被电得噼里啪啦，还传出生肉被烧焦的糊味。

连续有好几道雷劈下来，被击中的使魔直接就触电倒下了，就连附近的使魔也感应到了静电。

这是女王和联军的掩护攻击。

如果刚才没有看好时机，拉芙塔莉雅她们也会被卷入到攻击之中。

他们是在我张开流星盾之后才攻击的，应该也是经过思考的吧。

“很好！你们，继续攻击吧！”

掩护的魔法一结束，我马上喊道。

虽然不知道这些攻击对那个怪物有没有用，但是它也可能比看起来弱嘛。

可能是女王他们的支援起到了效果，使魔的数量大幅度削减了。

我们不再理会零星的几只使魔，直接向着灵龟的头部冲刺。

“吼哦哦哦哦！”

菲洛用力一脚踢上了灵龟那个巨大的下巴。

“啊——？”

灵龟的头向后一仰。

“哇啊啊啊……好重——”

“还没完呢！”

拉芙塔莉雅配合菲洛的攻击，横着挥出一剑，直取灵龟的脖子。

我只听到了咻的一声，好像是切蔬菜一样的声音，灵龟的咽喉处已经留下了一道裂痕——

血喷了出来。

然而，灵龟也并没有受到更大的损伤，它脖子上的伤口很快愈合，愤怒地瞪着拉芙塔莉雅和菲洛。

“我也不能输给自己的弟子！变幻无双流奥义！三日月！”

婆婆先后踢出几脚，一道新月形状的不知道什么攻击向着灵龟飞去。

灵龟的脸被踢得向下凹陷，陷下去的地方还发生了小范围的爆炸。

除我之外的人都做过那个在岩石上开洞的训练，这就是实际应用的效果了吧。

虽然威力可能比拉芙塔莉雅和菲洛刚才那一击要小，灵龟却已经眩晕了。

“趁现在！”

“魔圆突！”

艾克蕾尔把力量灌注在剑身上，不断地戳刺。

蕴含着魔力的光芒附着在剑身，剑尖带着冲击力命中了灵龟的头部。

虽然她的攻击力明显比婆婆要低，但也给灵龟的表皮造成了伤害。

“唔啊啊啊！”

莉西亚也按照自己的节奏在吟唱着魔法，但根本是杯水车薪……她是最弱的。

……好像也不一定会输吧。

不如说，是拉芙塔莉雅她们已经变得非常厉害了……这么一想，拉尔科那种强度算是例外，浪潮里的普通魔物其实也没多强。就算这只灵龟已经是相当强大的魔物了，对于现在的我们来说，可能也不需要多么辛苦就能获胜吧？

就在这时，灵龟的面前展开了一个巨大的魔法阵。

……我有不好的预感。

紧接着，在我结界之外的家伙们，就像被地面吸附一样倒了下去。

“唔啊啊啊……”

“这……这是怎么回事……”

“唔……身体好重……站不起来。”

“集中！”

还能站着的只剩下婆婆了，还有什么事是变幻无双流做不到的吗？

“怎么回事？”

“不……不知道。身体被吸在地上了……好……好重啊。”

糟糕了！虽然我不知道具体是怎么个糟糕法，但是再这样下去拉芙塔莉雅她们就危险了！

“唔啊啊？”

莉西亚躲在我的斗篷里发出了蠢笨的声音。

这家伙没事……咦？

流星盾创造出来的结界在震动。应该是正于某种攻击下保护我们。

我靠近其他人，想让她们也进入结界。

“啊，变轻了。”

只是刚靠近一些而已，她们三人就站了起来。

根据情况推测，灵龟使用的应该是改变重力的魔法吧。

不过它的魔法还不能突破我的魔法防御。

“嗷——！”

“呃？”

灵龟张开大口吼叫。

不好……我看到有某种发光的东西从它的体内通过喉咙跑了出来。

我感到背后一凉。

我慌忙跑到所有人前面，再次张开了流星盾。

灵龟的嘴里不断发出噼里啪啦的炸雷声。

……雷？

糟糕！我现在用的盾牌不是水属性的吗！

我慌忙把手上的盾牌换成了低一个等级的噬魂者盾，吟唱了盾狱。

灵龟嘴里吐出了高强度的雷电，汇聚成了一道光柱。

光柱对准我们直击而来，连它自己的使魔都被卷了进去。

简直就像动画里描绘的荷电粒子炮一样。

“唔……呃……”

“尚……尚文大人？”

“哇！”

“唔啊啊啊啊？”

结界瞬间就被打破了，我鼻子里已经闻到了皮肤被灼烧的味道。

但是，更严重的是贯穿全身的疼痛，让我连晕过去都做不到。

在我的感觉之中，这一瞬间仿佛像永远那么漫长。

“呼……呼……”

在我朦胧的意识之中，感觉到灵龟的攻击大概是停止了。

我的皮肉深处仿佛都被灼烧了。

自从上次用过血色献祭之后，我还没受过这么严重的伤。

不，比那次还更严重……

好危险……如果我用的还是鲸之魔法核盾的话，恐怕现在盾牌已经蒸发掉，我也死透了。

“主人？”

“尚文大人？”

唔……我想吟唱恢复魔法，但是意识已经越来越模糊。

就在这个瞬间，一道温暖的光芒照在以我为中心的范围内。

我身上的伤正在愈合。不过，这点时间还不足以让这么严重的伤势痊愈。

“中级·治愈！”

我给自己用了个恢复魔法，匆忙防住了想置我于死地的灵龟的腿。

很好，我已经恢复了思考能力。刚才那个恐怕是女王使用的援助魔法吧。

得救了。刚才那是超出了噬魂者盾防御能力的攻击。

万幸的是，灵龟的必杀技也是要酝酿一段时间之后才能使用的。

我回头一看，不在我防护范围内的地面已经不复原貌，原本在我们后方的山都无影无踪了。

“菲洛，集中恢复魔力。”

“嗯！”

为了应对这种情况，我提前准备了魔力水。我把魔力水扔给菲洛，让她喝掉。

灵龟看到我们没动，一边张开魔法阵，一边准备用巨大的脚碾碎我们。

别想得逞！

“盾狱！”

我在展开流星盾的同时，又做出另一道屏障。

盾狱上传来巨大的碰撞声，紧接着，盾狱被破坏，灵龟的脚踩在了流星盾的结界上。

……看起来，灵龟这样的体重还是很难支撑的……

结界发出吱吱嘎嘎的声音，再这样下去很快就会坏掉。

“我要换地方了，跟上。就算有什么情况都不要离开这个范围，知道吗？”

我们没必要留在这里被它踩。

“是！”

“是——”

“唔啊……明白了。”

得到她们的回应，我开始奔跑着躲避灵龟的踩踏。

一声巨响，地面腾起漫天灰土。

啊，流星盾好像连粉尘都能隔离。

“总之，目前看起来至少还是能承受得住的……”

“因为有尘土，它好像找不到我们了。”

“它好像觉得菲洛她们已经被打倒了吧？魔法也半途就取消了。”

原来如此，看来它不是通过魔力之类的波动来感知外界的。

粉尘遮蔽后它就找不到我们了，这是它用眼睛获取视觉信息的证据。

那些使魔恐怕也是和它的视觉相通的，它就靠着这些移动。

“唔……这是攻击的机会啊……”

使魔不停咕咚咕咚地掉下来。

不知道它是不是太过谨慎，应该是想确定我们有没有完全被打倒吧。

没时间了，怎么办？

“有没有什么一击必胜的办法？”

“……有的。不过只能用一次。”

“嗯。用过后就没力气了。”

看起来还是有办法的。

只能用一次倒是个问题，很适合不成功就马上撤退的战术。

“拉芙塔莉雅，你要用那个吗？”

“是……我要用和艾克蕾尔小姐一起练出来的必杀技。”

“明白了。虽然有可能会失败，但加油吧！”

“是！”

“我来帮神鸟阁下做一下气的活化吧！”

婆婆在菲洛的身上戳了几下。

“好疼啊，快住手！”

“婆婆……你不要捣乱。”

菲洛都疼得不敢呼吸了啊，婆婆。

“咦？身体感觉好轻松哦，主人！”

“是吗？是不是……类似于按了什么穴位啊？”

婆婆是个很厉害的流派的师父，这里又是异世界，说不定也有这样的技术吧。

如果是这样倒也不错……

“你们两个，有信心吗？”

她们之前也给灵龟的脖子造成过有效伤害。这次用上全力，也许真的能打倒它。

“交给我们吧。”

“嗯。”

拉芙塔莉雅和菲洛都摆出了要使用必杀技的姿势。

菲洛的动作我很熟悉。

两只翅膀一上一下。

她身后还形成了肉眼可见的气流，是在凝聚魔力。

“还有一点就好了，拉芙塔莉雅姐姐。”

“再稍微等一等。”

拉芙塔莉雅的尾巴上的毛也竖起来了，浮现出好几个魔法阵。上面好像凝聚了相当多的魔力。

“轰——！”

灵龟可能也发现了她们，又开始活动起来。

唔……是不是灰尘变得稀薄，它又看到我们了？

它又像刚才那样大张着嘴吼叫起来。

它的身体也开始发光，怎么看都应该是和刚才同样的攻击。

居然能够连发吗？

“敌人的攻击居然又来了！”

“对不起，还要等一下……”

“知道了，我再防守一次。趁着这个时间，拉芙塔莉雅你们要蓄力到最完全的状态。”

“嗯，知道了——”

“明白了！”

那么，为了再一次防守住那个攻击，我还有必要再用一次流星盾。

我脑海中飞快闪过这一周的修行。

虽然还没有完成，也不知道能不能顺利用出来，但我还是准备尝试一下。

我把身体里产生的魔力集中在双手释放。

“流星盾！气波盾！第二盾！第三盾！盾狱！”

我前面有三面盾牌，后面还紧跟着一个由盾牌组成的屏障，眼前又张开了一层防御膜。

这是完全防御的状态了。之前的流星盾和盾狱直接就被打破了，这次又如何呢？

在运用技能的同时，我还聚集了不少的魔力，虽然不知道有没有用。

我还没能领会婆婆所说的那个气的概念，所以也不知道能不能用。

但是……再防住一次那个技能我应该还是能做到的！

“嗖——！”

灵龟的嘴里喷出了强大的粒子炮。

气波盾承受攻击后直接碎裂，第二盾也被打破，第三盾也被贯穿。

虽然灵龟的攻击很强大，但还是一点点被削弱了。

攻击接着又命中了下一个盾狱。

几秒钟之后，盾狱的一侧被打穿了一个洞，粒子被吸收到牢笼之内。

盾牌组成的围栏中透出光芒，紧接着盾狱也崩解了。

我两只手支撑着盾牌，做好迎接攻击的准备。

“……唔！”

光柱的力量意图摧毁流星盾的防御，我被冲击得哼了一声。

好重……不过比刚才要弱。

就在我这么想的同时，流星盾像玻璃一样碎裂了。

来了！

我手上还聚集着高浓度的魔力，用力握紧了盾牌。

“唔！”

粒子传导到盾上，我可以感觉到，自己的身体不只是外表，连内里都在剧痛。

我咬紧牙关不发出声音，用力举盾向前顶。

虽然不知道是几秒还是几分，但我还是抗住了。

灵龟的攻击结束之时，盾牌上面已经冒起了烟。

但是，我和我身后的拉芙塔莉雅她们都还站着。这一击的威力本身也比之前那次小，可以说是万幸了。

“已经准备好了。菲洛，我们上吧！”

“嗯！”

拉芙塔莉雅骑上菲洛释放了魔力。

“螺旋……”

“八极阵……”

尘土在旋转，周围闪耀着光芒。

那些光芒汇聚成阴阳球，分成了八个。

拉芙塔莉雅的攻击多半都带有一些东方风格呢。

“直击！”

“天命剑！”

拉芙塔莉雅和菲洛汇聚成一道光芒，穿过了灵龟的咽喉。

灵龟的眼睛里显出惊愕的神色。

不……因为头部已经与身体分离了，其实是不会再做出什么反应了吧。

没错，灵龟那巨大的头部已经被完全切断。

灵龟的脖子里喷出鲜血，周围下起了纷纷扬扬的血雨。

它那巨大的身体也轰隆隆地倒在了地上。

“成功了！”

头都被砍飞了，当然是死了吧。

倒是比预想中还干脆。

看起来，也不是一定要潜入灵龟身体内部封印心脏才能打倒它啊。

后方已经远远地传来了欢呼声。

“唔啊……”

菲洛疲惫地落在地上。拉芙塔莉雅的状态也和她差不多。

“成功了呢。”

“是啊，你们干得不错。”

既然能用出这么厉害的技能，就不可能会输嘛。

我切实地感觉到，她们已经比其他几名勇者更强大了。

“是啊，真是干得不错。连一起设计这个技能的我，都被你们发挥出的威力震惊了，拉芙塔莉雅。”

“都是因为艾克蕾尔小姐教得好。”

“不……即使如此，这攻击也足够使人吃惊。这应该已经比剑之勇者阁下强了吧？”

和炼比的话……老实说，那些家伙现在已经是弱得不足以比较的层次了。

但是，他们还有变得比现在强大四倍的可能性。

只不过……炼本人现在又在哪里，在做什么呢？

“盾之勇者阁下……岩谷阁下也很厉害啊。那种强大得让人绝望的攻击，居然防住了不止一次，而是两次都成功了……真是不愧盾之勇者之名。”

“我也只会做这个了。”

上次浪潮时，葛拉丝使用的技能就很厉害，这次灵龟的攻击也不遑多让。

我可不知道自己还能扛住多久。

……如果真的防守不住，那么不只是我，连我身后的伙伴都会被杀。

只有这一点，我必须时刻铭记于心。

我没有对别人说这些，只是在心里默默做出这个决定。

“这样就能暂时放心了。”

“好厉害。”

莉西亚毫无保留地称赞着我们。

我顺势对她说道：

“莉西亚，你也要加油变得这么厉害啊！”

“唔啊啊啊啊啊啊？不可能的！”

“怎么不可能！可以的！”

“我这种人做不到的啦。”

莉西亚拼命地摇头否认，我都怀疑她的脑袋是不是也要甩得像灵龟那样四分五裂了。

真是必须从锻炼她的精神开始啊……

我们就这样有问有答地沉浸在胜利的余韵之中。

第十六话　灵龟背上的王国

“岩谷阁下，这次的战斗，我们的感激之情无以言表……”

回到联军会议室，以女王为代表的各国首脑都对我致谢。

其实在这一路上，联军的成员就已经在不断地感谢我了。

这感觉可不坏。

之前经历那么多场战斗，居然没有人谢我才真是不可思议。

虽然实际经受浪潮灾害的人确实感谢了我，但我从未真正觉得自己得到过什么真心的祝愿。

等到了卡尔米拉岛上那一次，比起被感谢，我更关注的是接下来要怎么办。

现在，联军正沉浸在胜利氛围中。

联军的猛士们大概把拉芙塔莉雅和菲洛看成这一战的MVP了吧，现在正把她们两个抛起来庆祝呢。

“哇！尚文大人！”

“哇啊！菲洛被夸奖了——”

身为勇者，我也不太方便凑过去吧。

联军的家伙们纷纷敬礼，给我让开了一条通往会议室的道路。

艾克蕾尔、婆婆、莉西亚就在旁边默默地看着这个场面。

好吧，需要到这个大人物云集的地方露面的，好像只有我也就够了。

“那样就可以了吧。”

至少胜利之后的成就感是有的。

站在会议室帐篷里，也可以远远看到战场上灵龟的尸体。

一动不动的灵龟，就那么静静地遗留在战场上……至少我们的胜利是毋庸置疑的吧。

“不过……还有一个问题。”

“是什么问题呢？”

女王她们还没注意到。

毕竟……能亲眼发现这个问题的可能就只有勇者吧。

我视野里浮现出来的……那个蓝色的沙漏还没有消失。

之前也经历过的几次浪潮，倒计时的沙漏都是伴随着浪潮的平息转换为下一次浪潮来临的时间。

但是，这次的图标还是维持原样……蓝色的沙漏就在那里静静地彰显着自己的存在。

“那个蓝色沙漏指示的目标……好像并不是灵龟。”

还有什么事情正在发生。

作为传说中的魔物，灵龟虽然也很难对付，却也死得非常干脆，而这个蓝色的沙漏……

我的直觉告诉我，还有没解决的问题。

“怎么会……”

听我这么说，会议室内的人都面面相觑，纷纷开始议论。

在我们眼前引起问题的灵龟已经解决了。但是，应该还有其他什么。

“所以我希望可以进行多方面调查。我觉得这后面一定还隐藏着其他秘密。”

“岩谷阁下所提出的问题，我们已经了解了。接下来也会提高戒备……调查事件的原因。”

“拜托了。”

“就委托此时正在赶来的各位七星勇者去灵龟原本休眠的

地方进行调查吧。他们应该可以比岩谷阁下先赶到那里。”

虽然我不知道七星勇者都是些什么人，但是人多力量大嘛。

我也必须要做很多方面的调查。

“灵龟的调查就交给我们吧。”

“好，那我们是不是应该去找找失踪的那三个四圣勇者……而且已经遭受损失的地方，也需要配合联军进行救助工作吧。”

“正该如此。”

调查灵龟尸体的工作就交给女王她们安排了。原本封印了灵龟的国家则由七星勇者去调查……这样一来，我们负责的工作，就是追溯灵龟一路走来的足迹，寻找其他几名勇者。

反正我是盾之勇者，参加救助活动也只会让我的声望更高。

我也想和那几个不知道干什么去了的家伙拉开差距。

明明应该四名勇者一起战斗的……虽然有拉芙塔莉雅她们和联军的协助，但是参战的勇者却只有我。至少这点好处是我应得的吧。

庆功的宴会好像有通宵达旦的趋势，我稍微应付了一会儿，就去和拉芙塔莉雅她们集合了。

“如此这般，接下来我们要做的就是去搜寻其他勇者，以及参与受灾地区的救援工作。”

如果有什么事，就让女王再通知我吧。

虽然调查灵龟的情况也很重要，但是对于目前的我来说，也有必要确保其他勇者的安全。

如果他们是在什么地方闲逛就得快点抓回来，如果是重伤不能移动的状态，那我也必须去救他们。

因为他们还没有死，所以我就不能不去。

可能他们知道打不过灵龟，干脆就躲起来了吧。

“顺便也调查一下灵龟的背上。”

“要爬到灵龟的尸体上吗？”

“是啊，它背上的山……本来的计划就是要探索一下龟壳上的城市和山脉的。”

“明白了。”

趁现在调查是最合适的吧。

而且既然有到体内去的说法，那么我最希望的就是其他勇者们是在体内战斗。

面对如此巨大又不可战胜的敌人，那几名勇者应该不会坚持正面对决的吧。

多半是正在灵龟的体内进行战斗吧？

然后可能又会因为只有我一个人占尽好处而生气了吧。

反正他们就是这种人。

就这样，我们准备去灵龟的背上看看。

先看清楚四周的情况吧。在我们跳上去的位置附近，就是一个城镇。

居然有城镇建在这种怪物的背上，灵龟破开封印时，城里的居民想必也很吃惊吧。

……这城镇还有看起来像城堡的建筑。

建筑物好像带点中国风。反正按照设定，灵龟本来就应该背着蓬莱山的嘛。

我也想过会不会这里住的都是仙人，但看起来应该也不是。

联军的人也跟在我们后面，登上了灵龟。

……已经化作废墟的城镇里有无数尸体。最直接的死因还是灵龟的使魔的攻击吧。

腐臭味直冲鼻腔，还不至于会使人晕厥，却真的很不舒服。

可是，这里却看不到灵龟的使魔的踪迹，最多也就有些尸体而已。

不过，灵龟的使魔是有寄生能力的。说不定眼前的尸体都可能是使魔的温床，我们一边提高警惕，一边开始了调查。

没过一会，我们就看到了一座像寺庙的建筑物。

这种地方应该会有线索吧。我的玩家心态也有些隐隐作痛。

“去那个建筑物看一下吧。”

“是。”

“是——”

“那个，我记得……这的确应该是这里有名的寺庙。”

“莉西亚知道得真多。”

艾克蕾尔一边为附近的尸体祈福一边说道。

“我只是看过一些以前的游记。”

“我以前曾经来过这里一次。现在这副凄惨的情景真让人难以接受。”

那就不能指望婆婆的地理知识了。

至少比一无所知要强一点。

我们靠近寺院观察里面的情况。因为灵龟一直在移动，建筑物整体已经是半损毁的状态了。

我们在里面查看了一番，只找到了描绘灵龟的壁画而已。

“这是……”

我在壁画的一角看到了熟悉的文字。

是日语。

如果有从日本被召唤来的……看到这段文字的话，希望你能……记……

不管用多么严……的封印封住这……怪物，终……的时候第七……也会被破……吧。

根据调查的结果，它的目的是……是世界的……

唯一盼……的，只是没有人敌……破坏封印而已。

牺牲者应该也是为了这个世界奉献了自己。

付出的这些代价也有相应的回报。

只是……不……傲慢。最后……如果能……这些文字的人，与其说是为了这个世……更应该说是为……人……尽可能……地打倒……吧。

打倒……的怪……的方法是……

……的八……勇……桂一留。

因为字有些模糊，所以念起来也不是很顺畅。

不过联系上下文，还是可以看懂大部分内容的。

比如那句应该是“第七个封印也会被破坏吧”。

这就可以和那个蓝色的沙漏对上了。那个封印的数字应该预测的就是此时此刻吧？

结果、目的之类最重要的地方偏偏模糊掉了，真是不凑巧。

牺牲者为了这个世界奉献？这和菲托莉亚说的也能对上。

但是这又不是动画或者漫画，为什么偏偏最重要的情报看不到啊。

如果不是先认识了菲托莉亚，我根本看不懂这是什么意思。

而且……打倒对手的方法那段，消失得也很不自然。

这个磨损很明显比灵龟开始活动要早。看起来应该是很久以前就被划掉了，让我无处抱怨，也无法接受。

除此之外，我们能从这段话上了解的，也就只有名字了。

虽然看不到姓氏，但这个勇者的名字应该是叫桂一。

应该是很久前写的了，所以我无从知道他是个什么样的人。

不过他很可能也和我及其他几名勇者一样，是来自另一个不同的日本。

这幅壁画本身是什么时代的作品也不可考，也可能各个世界之间的时间线本来就是混乱的。

有炼这个实例在，考虑时代本身好像也没什么意义。

但是上面写着“八”？这和七星勇者的数字也对不上啊。

虽然也可能是另有所指，但是这里也模糊掉了，看不出来。

唔嗯……

“主人能看懂吗？”

“差不多吧。”

“这个文字好像不一样哦。”

“确实不是梅尔罗麦克的文字啊。”

“这是尚文大人的世界的文字吗？”

“是啊，之前我不是也读过翻译之后的这种文字吗？”

“这么说……好像确实有这回事。”

“是勇者文字啊。”

艾克蕾尔伸手在文字上比画了几下。

勇者文字……这倒是一个能刺激宅男的名词呢。

“勇者文字？”

“是啊，莉西亚应该也知道吧，这是对勇者留下来的勇者世界的文字的称呼。”

“唔嗯……明明只是日语而已，居然起了这么厉害的名字。”

“不同的勇者用文字表达的意思还不尽相同，所以解读起来非常麻烦呢。”

啊……这我倒是多少也能够体会。

比如炼和我吧，在我们原本的世界里，即使要表达同样的意思，也可能会用完全不同的单词。

就比如日语里的“全然”吧，现在人使用时就带有否定的意思，但是以前也会用在肯定的句子中。

全然没问题——现在的日本人这么用的话会被指出是病句，以前就不会。

完全相同的文字会有不同的意思，这就是勇者文字。

即使有条件进行研究，也可能得出不同的结果，真是麻烦。

“现在已经有勇者文字的研究成果了吗？”

“呃……这个国家大概从一百年之前就开始封闭了，外国人无法轻易入境，所以也无法置评吧。”

“是吗？”

“是的。据说是为了维护独特的文化，而且我国在战争中也失去了很多资料……”

唔，那么此刻能解读这个的，是不是除了我就没有别人了？

也不一定，如果是勇者文字领域的顶尖人物，可能也可以看懂吧。

等一下，好像还不能肯定所有勇者都是来自日本吧。

如果勇者的母语是英语还好，万一是用其他语言写出来的，那我也看不懂了。

而且……还偏偏是文字。

盾是有翻译能力的，只是语言的话多半还有办法能解决，但是对文字就……

“好像没有其他显眼的东西了。”

“看起来就是这样了。”

“游记中提到的寺院，也因为灵龟复活毁成了这样……”

“唔啊啊……真是太让人伤感了。”

我斜眼瞪着发表感想的两个人。

“接下来去哪里？”

“要去大城市吗？说不定宝库里还有好东西？”

艾克蕾尔挑起一边眉毛，警告似的瞪着我。

拉芙塔莉雅也愣住了。

“反正主人应该也死了，我就接收一下嘛。”

“这不是趁火打劫吗？”

说得没错。

只不过，看现在的情况，与其偷偷拿走，还是用在重建上更合适吧。

“用在被灵龟侵害的地区，做援救资金总可以了吧。”

“嗯……说得也是。”

“还是说，干脆让给联军的人比较好？他们可都一脸自以为是地往那边跑呢。”

“什么？”

艾克蕾尔瞪着那群冲向城市的联军士兵。

不管怎么说，这种组织好像都会有这一面。

我最近倒是没什么体会，但是看看垃圾就知道了吧。虽然我也没什么立场说别人。

“我不能对这种野蛮行为视而不见！岩谷阁下，我们也一定要过去。”

“啊啊啊好好好。菲洛你带着艾克蕾尔去一趟吧。”

“嗯！那走吧，头发像红色菜叶一样的人。”

“红色菜叶？”

艾克蕾尔被菲洛的称呼噎到了。

红色菜叶这种称呼，确实属于非常过分的级别了。

如果有人这样叫我，我至少也会抱怨几句吧。

“听好了，我的名字是艾克蕾尔。请菲洛阁下一定要记住。”

“咦，艾克……拉姐姐？”

“不对！哪里跑出来一个‘拉’啊？”

这场景真是太傻了。

要不要顺便把联军的情况回报给女王呢。

“婆婆，希望你能把这件事告诉女王。”

“知道了。之后我再去找艾克蕾尔学徒会合，一起保护被夺走的宝物。”

婆婆说完就迅速跑开了。

剩下的就只有我和拉芙塔莉雅以及莉西亚了。

“那我们就继续调查吧。”

“是啊。”

“唔啊啊……这里太安静了好可怕啊。”

从这个角度来说，寺庙确实可怕，总觉得会有幽灵跑出来。

不过在这个世界，幽灵也是魔物吧。

“好像会有不死生物或者鬼魂跑出来。”

“唔啊啊啊！”

太阳也落山了，恐怖氛围成倍提升。

“尚文大人，莉西亚小姐已经很害怕了，你也别太过分。”

“我知道了。城市那边已经有联军负责了，我们就去山里查看吧。”

“是。”

我们在山里又调查了一阵子，最后也没有看到什么有价值的东西，调查便就此中断了。

我们倒是也找到了传说里提到的能进入灵龟体内的洞穴，第二天太阳出来之后也尝试了进入，但是我们能依据的也只是传说而已……最后也没能成功进入里面。

针对令人毛骨悚然却什么都没有的山、尸体堆积如山的城镇，以及精神上不太正常的灵龟的调查，就这样结束了。

尾声 危险的气氛

最后，我们抵达了勇者们最后传来过消息的那个城镇，但也没有发现他们的踪迹。

艾克蕾尔和婆婆与我们分开行动，也在寻找勇者。

莉西亚也想参加，但是因为她很博学，所以还是让她去梅尔罗麦克的图书馆调查与灵龟和传说有关的东西去了。

来到这里之后，我们也找到了不少受灾后生还的居民，大家都在为了灾后重建而努力。

没错……虽然灵龟周围已经没有使魔了，但是其他地方还有灵龟的使魔在活动。

一路上时不时会遇到这些使魔。也许他们就是那种本体死亡也会继续活动的类型吧。

“喂！炼、元康、树！听到就回答我啊，打不赢也不是你们的错啦——”

“尚文大人，你这也太敷衍了。”

“这都过去多少天了啊。”

已经是打倒灵龟后的第三天了。

我不知道他们到底跑到哪里去了，居然连一个勇者都没有找到。

勇者的伙伴们也没有消息……那么一大群人居然能消失得不留痕迹，也太诡异了吧。

“听说这次参战的好像只有盾之勇者阁下一个人哦。”

我们绕到一个城镇去做补给，就听到冒险者在讨论灵龟的话题。

拉芙塔莉雅和菲洛在马车里休息，我一个人去附近的冒险者公会之类的地方打听有没有人目击过其他勇者。

毕竟这也是现在全世界都在关心的大事了。

“哦……那其他的勇者呢？不是也召唤了另外三名四圣勇者吗？”

“他们自以为是去挑战灵龟，现在都失踪了。”

“要么输了，要么就是逃跑了吧。就算不是冒牌货，也够逊的。”

我一边偷听他们的对话，一边拿着炼他们的画像询问冒险者公会的前台。

结果毫无惊喜，完全没有人看到过他们。

说真的，他们到底跑到哪里去了呢？

“如果这些都是真的……勇者可真是靠不住啊。”

“说得是呢。我也差不多该走了。虽然没见过这些人，但你也多留意吧。”

“好，谢谢你告诉我这么多。”

冒险者的闲谈就到此结束了。

虽然没什么有价值的内容，不过寒暄多半都是这样的。

要我去一一订正也没有这个必要，左耳进右耳出就行了。

我也结束了和前台的对话，开始考虑去下一个城镇的事。

“愚蠢的四圣中最强的盾之勇者……事情还没结束。做好准备，接下来会有更多的牺牲者。”

“……？”

我猛地回过头，却什么人都没看到。

但是，我好像看到有什么东西……像几张散落的纸一样消失了。

刚才的是什么情况？这个声音，听起来有点像刚才说话的其中一人……

虽然我手上装备着盾，但是此时所在的城镇里，人们应该并不知道我是盾之勇者，而且也不应该有人认识我。

就连公会里的人也只是看到了女王签发的文件，并不知道我本人的身份。

可是……这个人怎么知道我是盾之勇者？是我的错觉？

“是……幻听？不，也可能是自言自语……”

不好的预感，再加上刚才那句话的内容，纠结在一起缠在我身上，留下了一种……恶心的感觉。

就算只是我自己的错觉，也够不吉利的了。

看着视野里那个蓝色的沙漏，不祥的感觉挥之不去。

这样看来……灵龟身上果然还有未解的谜团。我们已经对灵龟有了一定程度的了解，现在女王和联军也没有停止对灵龟的调查。

现在我必须完成的工作，就是找到那些勇者的去向。

如果被我找到……虽然我说话不好听，但说不定他们已经痛感自己的弱小，愿意去听听如何变强了。

这样的话，不管接下来发生什么事，我们都有办法解决吧。

失败又怎么样呢？只要他们活着，我还是真心希望他们能早点现身的。

“找到那几个勇者了吗？”

看我回来，拉芙塔莉雅便问道。

“没什么收获啊。”

“这样啊……”

拉芙塔莉雅的情绪也消沉了下去。

世界的情况已经非常危急了，要她开朗起来也是强人所难吧。

“对了对了，主人——”

“怎么了，菲洛？”

菲洛紧紧握着马车的扶手，指着路边摊给我看。

“这里卖的都是没见过的食物！菲洛想吃。”

真是的……菲洛果然还是只知道吃。

“确实是……”

这是附近的特产吗？摊子上出售的是像炒面一样的食物。

看起来有点像之前和拉芙塔莉雅一起去小吃店吃过的那不勒斯面条。

所谓的那不勒斯面条，按照日本的标准来说，也就等同于意大利面。

这里的路边摊卖的食物，是在铁板上炒过的意大利面一样的面条，搭配的是一种独特的酱汁。

“那种东西我也会做。先忍忍吧。”

“咦！”

菲洛发出非常露骨的抗议的声音。真是的！

路边摊上的食物卖得很贵，可能物价也受到灾害的影响吧。

这食谱看起来并不复杂，我应该可以用马车里的食材做出来，所以就干脆地拒绝了她的要求。

“想吃想吃！”

“菲洛，先忍一忍，尚文大人会给你做的。好吗？”

“是啊……今天晚上就做差不多的东西吃吧，先忍一忍。”

“真的？说定了哦！”

“嗯，好好好。”

唯一的问题是不知道酱料的配方，就随便用点什么调味料蒙混过关吧……

我们一边说话，一边让菲洛拉着马车出发了。

唔嗯……

“尚文大人，发生了什么事吗？”

“嗯？怎么了？”

“你回来的时候，一脸若有所思的样子……”

“啊……总觉得这次的事情，不会结束得这么顺利。”

“嗯……”

看起来拉芙塔莉雅也赞同这个说法。

“尚文大人。”

“怎么了？”

拉芙塔莉雅抬起头，直视我的眼睛。

“我觉得不管发生什么，只要像之前一样跨越就可以了。为了这个目标，我们要继续锻炼自己啊。”

“……说得也是。”

仔细想想，未雨绸缪做好万全的准备是我一直以来坚持的方针，今后也会持续不断地锻炼自己。

虽然不知道接下来会发生什么，为了继续前进，也只能把该做的事情做好吧。

“好，总之就按照一开始的计划，去寻找勇者们。”

“是！”

“是——”

好啦，我就继续这趟寻找懈怠傻勇者的旅程吧。

我不像元康，找他们也不是为了处罚他们。

只是因为对这个世界来说，不能只有我一个勇者而已——

番外篇　弓之勇者的匡正之举

我的名字是川澄树，此时正在补习班放学回家的路上。这次考试的结果也一如往常只是个E，我的情绪相当低落……

这种时候，就要玩一下每天都玩的游戏Dimension Wave，以一扫心中的郁闷。我怀抱着这样的期待走在夜色中。

在游戏里，可以打倒邪恶势力，证明自己是正义的，可惜那里并不是我生活的世界。

因为没有力量，也就不能贯彻自己坚持的正义。

只有在游戏中，我才能成为理想中的自己。

如果没有游戏的话，我说不定已经死了。如果不能在故事中找到乐趣，我也可能早就疯了。

“今天要做什么样的限制，坚持玩到通关呢？”

我一边自言自语，一边迈步走上了亮着绿灯的人行道。

滴滴滴滴——

伴随着声音，强烈的光照在我的身上。我没有了接下来的记忆。

等我再次醒来，已经身在一个从未见过的石造祭坛之上，和另外三个看起来和我一样的年轻人站在一起。

我手上有一把弓。一开始，我还没反应过来到底发生了什么。

就在我觉得这个场面很像我经常看的小说内容时，一个看起来会用魔法的人开口委托我们拯救他们的世界。

如果马上答应，可能会被迫同意一些对自己不利的条件，而且这也……不可能是整人节目吧？

我可能是真的被车撞死了吧。

如果是整人节目，他们这么做又能有什么意义？

我也不能完全否定其他的可能性，也许是某地某个领域的专家学者之类的人，为了测试人类的自然反应做出这种事……

但是，我好像真的实现了自己的梦想，来到了Dimension Wave的世界，而且还成了勇者，拥有弓这样强大的武器。

忘记那些认为我无能的人们，凭借游戏知识变得强大，打倒蔓延在世上的邪恶。

我并不喜欢引人注目。

所谓的正义，就是应该在人们看不到的地方打倒邪恶。

任何作品中的英雄都是这样的吧。

英雄是不会为了被称赞而战斗的。

在这样的信念之下，我极力隐藏着自己弓之勇者的身份。

因为一旦被发现我就是弓之勇者，坏人就会闻风而逃了。

身为剑之勇者的炼先生和身为枪之勇者的元康先生好像对这一点都没有想通，所以两个人都是随性而为。

说不定什么时候，在炼先生和元康先生面前就会出现他们都无法应对的卑鄙恶徒呢。

比如……像尚文那样的人。

我抱着这种想法，和我的伙伴马尔多他们一起，持续着打倒恶人的旅程。

那一天，我来到一座城镇，正在收集情报。

我主要的目标是不道德的贵族和商人，以及为了自己的利益牺牲弱者的邪魔外道，所以经常会到酒馆里收集情报。

当然，我也接受国家的委托，去处理过行为不端的贵族。

毕竟恶人都很擅长隐藏自己。

“树阁下，看起来，关于这个城镇的贵族，确实有很多传言呢。”

这个城镇的警戒很严格，连入城都要缴纳费用。

当然，我不会仅凭这一点就判断对方是不是坏人。

如果这里本来就是治安不好的地方，那么为了维持城市的安定，贵族也可能急需用钱。

“这样啊……还是稍微调查一下比较好。”

但是我的直觉告诉我，这里有罪恶存在。

我先去城镇贵族的居所走访了一下。

“拜托了！请让我见见我女儿吧。”

“你好烦啊！”

“我不是已经交钱了吗！那是大家凑的钱啊！”

在贵族的宅邸门前，好像发生了什么纠纷。

正在吵嚷的是看门人……以及一对衣着比普通市民稍微华丽一点的夫妇。

夫妇二人都是四十多岁吧。他们也可能只是普通的劳动人民，因为仔细观察，就能发现他们身上的衣服也都有些破了。

“我们确实收了，但是也明确告诉过你们吧，那些只是利息而已。”

“这和说好的不一样！”

“快走吧！”

“哇！”

男人被推倒在地。看门人不再理会他们，转身回到了大门内侧。

伴随着咔哒的声音，看起来非常沉重的大门就这样合拢了。

“呜呜……”

“莉西亚……”

夫妇二人蹒跚着走回门前，都是一副垂头丧气的样子。

“请问……”

我开口叫住了这一对夫妇。

他们两个人回头看到了我。

“到底发生了什么事？”

“啊，你们是……”

“我们只是爱管闲事的冒险者而已。”

隐藏起自己的勇者身份，还是会带来很多方便的。

如果利用勇者的地位颐指气使，可就不太好了。

“不……请不要在意，亲切的冒险者先生。”

“即使你们这么说，但是刚才的情况我们都看到了……至少可以把事情跟我们说一说吧？”

我的正义感正在汹涌澎湃呢。

时隔几日，我终于可以再次伸张自己的正义了。

打倒邻国那个施行暴政的国王时那种兴奋的感觉，还在我的心里熊熊燃烧。

“这对你们可没什么好处吧？”

“有没有好处，请让我们自己来判断。”

“老公……如果不把事情跟他们讲一下，他们好像不会放弃的样子啊？”

“……看起来是这样吧。”

夫妇二人深深地叹了口气，跟着我们来到了一家酒馆。

我先请他们喝了点东西。

“那么……到底是什么事情呢？”

“其实——”

这对夫妇是隔壁镇上的贵族。

虽然说是隔壁镇，但其实是个相当贫穷的地方……与其说是城镇，可能更像是个村庄，是个宁静的地方。

这对没落贵族夫妇辛勤地管理着自己的领地。

他们形式上还是贵族，居住的地方却已经称不上是宅邸，只是普通的民房了。

据说是因为曾经多次反对梅尔罗麦克的治国方针，失去了权利，还不得不支付大笔违约金，所以才沦落到现在这个地步。

虽然基本没什么钱了，但民众倒是对他们非常亲近。

只是最近，在这对夫妇统治的范围内，不管是人民也好，耕地也好，总是会莫名其妙地被骚扰。

手段更是多种多样，从夜间失窃到无良商人欺行霸市应有尽有。

为了补贴人民的损失，这对夫妇手上那点不多的积蓄也很快就用光了。

“人民就是财富。为了让大家不受损失，我们即使自己吃苦也愿意把钱用在他们身上……如果只是这样……其实也还没什么。”

从某一天开始，就连无良商人也不再踏足这对夫妇的领地了。

一旦失去了交易的途径，领地上的人就无法生存。

而且受到浪潮影响，农作物的收成本来就不好，再加上有魔物不时伤人，也需要药品供应。

本来就已经为了生存拼尽全力了。

在这个紧要关头，隔壁领地的贵族却跑来提出这样的要求：

“如果你们愿意把自己的女儿送到我家来做抵押，给我干活的话，我可以给你们提供资金支持，也可以借调保安人员给你们用哦。”

“不要胡说！我们不需要做这种事也会撑下去的！”

当时这对夫妇是把对方赶走了，结果从第二天开始，村子就频繁发生盗窃事件。

大家提心吊胆地过了一阵子，盗贼才算是被冒险者打跑了。

结果莫名其妙地，这对夫妇又收到了冒险者公会发来的申请奖金的请款书。

他们本来也没有那么多钱，而且冒险者也不是他们自己请来的。

所以他们就想到，是不是隔壁领地的贵族擅自以自己的名义提出委托，故意要他们负债。

“来吧！该给的早晚也是要给的！”

“爸爸！妈妈！唔啊啊啊！”

“莉西亚！”

“呵呵呵呵呵……好了，我还是会给你们提供帮助的，这交易还是划算的吧。”

就这样，几个品行糟糕的保镖就带着只有约定数额一半的钱来到了镇上。

这本来就很不讲理了，又有人发现，这些保镖和盗贼团伙里的人非常相似。

“大家发现这件事之后，那些保镖就突然逃走了。我们马上来找这里的领主理论……他们却说如果想要带女儿回家，就要给他们钱……”

“你们没有上报国家吗？”

“我们还没来得及这么做，事情就已经被压下来了……没办法，我们只能按他们说的交钱……却还是被赶了出来。”

“啊啊，莉西亚！呜呜呜……”

这对夫妇只能不停地流泪。

这个事情也太诡异了。不但莫名受到盗贼的袭击，沟通不畅也是很不正常的。

“谢谢你们把这件事告诉我。”

我站起来，看向马尔多他们。

大家了解了我的意思，都点了点头。

“请你们放心吧。我们一定会让你们的女儿尽快回到你们身边的。”

我对这对夫妇说道。

那么，首先应该做的是寻找证据和收集情报。

必须掌握邪恶贵族作恶的证据。

如果没有证据，只凭借勇者的权限去处理，说不定会让坏人逃脱法网。

“树阁下！”

我们以酒馆为据点，分开行动收集情报。

我和马尔多去了市场，遇到了一伙装束奇怪……而且态度特别强横的人。

他们不给钱就随便吃商店里出售的食物。

“难吃！居然敢把这种食物摆出来，你们想什么呢！”

“呀啊啊啊！”

“住手！”

马尔多站出来喝止他们。

“你是干什么的！”

“我清楚看到你们在做坏事！可不能当作没有看到！”

“啊？你想打架吗？敢反抗我们，小心自己的狗命吧！”

我在马尔多的身后，拉紧弓弦，选定了攻击的目标。

马尔多对付两个恶行恶相的人，剩下的都被我用箭射穿衣服钉在了墙上。

“哼！”

“你……你们敢做这种事，可别以为就这样完了！”

“这是我们要说的话。你们随时来找我们好了！”

还有几个人跑掉了，这也是无法避免的。

我环顾了一下四周，这里的气氛也很奇怪，市场上的人都一脸铁青地看着我们。

“我说你们两个啊，如果爱惜生命的话，还是快点离开这里比较好！”

“不用担心！我们还是有能力保护自己的。”

随便调查一下就找到了很多证据。

我们回到酒馆，重新开始讨论。

这座城镇的贵族收取了远高于国家标准的重税，听说还接受附近商人的贿赂。而且那对夫妇的女儿，好像近期就会被卖掉。他们也是为了这个目的，才使出一连串的阴谋诡计吧。

“这是真的吗？”

“嗯，看起来就是这样了。”

“唔……”

“敢提出异议的人都会受到严惩，会被扣上莫须有的罪名，财产也会被没收。”

“如果这样还敢反抗，好像就会被那些保镖处理掉。刚才在街上横行霸道的那些人，应该也都是一伙的。”

和伙伴们会合之前，我们在市场遇到了一伙横行霸道的人。

恐怕他们就是邪恶贵族雇佣的保镖之类的人吧。

证据已经都收集好了。毫无疑问，这里的贵族是坏人。

“这样一来，必须要让他受到一点教训了。”

我话音刚落，附近坐着的一个人突然差一点从椅子上翻下去。

现在没时间关注这些路人了。我只是很帅气地说了每次惩治恶人时都会说的话而已。

“是，树阁下。”

“接下来我们就要大干一场了，树阁下。”

“是的。那么各位，我们走吧。为了贯彻正义！”

“是！”

大家齐齐起身，离开了酒馆。

贵族的宅邸被厚厚的金属围墙环绕，还有岗哨。

不过，我们也早就提前做好了调查。

我挽起弓，对准大门使用了技能。

这也是个好机会，可以实验一下我学会的技能。

“流星弓！”

箭矢像流星一样飞出，伴随着巨响掀飞了厚重的金属大门。

宅邸内也响起了警报声。

我们从正门冲上去，进入了宅邸内部。

“什么人？收拾他们！”

邪恶贵族透过窗子看到我们，发出了怒吼。

他的一句话，就让我们被保镖包围了。

“我不知道你们是哪里来的愚蠢冒险者，但是敢闯进我的宅子里，是你们自找的！就用命来偿还吧！”

“还以为你要说什么……我们手上已经有了足够的证据。滥用贵族的权利，和商人勾结，还用钱雇佣保镖胡作非为，简直是作恶多端，最后还绑架了柔弱的少女……简直是罪大恶极！认罪吧！”

邪恶贵族听完我的话，满脸通红地命令手下：

“只是个冒险者，居然大放厥词。无所谓了，把他们全都送到另一个世界去吧！”

保镖们听从邪恶贵族的命令，纷纷举着各自的武器向我们冲了过来。

“马尔多、罗吉尔！各位，请放手惩治他们吧。”

“是！”

听到我的指示，我的伙伴们也纷纷取出武器，开始收拾那些保镖们。

我发现身后有人想用魔法攻击我们，便弯弓搭箭干扰对方。

在这种情况下如果用尽全力对付敌人，反而有违正义之名，所以我会手下留情的。

“唔啊！”

“这些家伙太强了！”

“他们不是普通的冒险者！”

“交给我吧！”

几名保镖拦住了我们。

这些人至少有实力承受住马尔多他们的攻击，还有余力做出反击。

就算我只是看着不动手，马尔多他们应该也能赢吧。

那倒也不错。

如果他们真的要输了，我再潇洒出手……偶尔这样做也是必要的。

“树……树阁下！”

对方虽然只是贵族雇佣的冒险者，倒好像已经提升过等级上限了。

正好。

“流星……弓！箭雨！”

我使用了强大的技能，一击就直接把马尔多他们正在对抗的敌人打倒了。

流星弓就是简单地放出攻击力高、像流星一样的箭，箭雨则是像下雨一样放出很多箭伤害敌人。

“唔哇啊啊啊啊啊啊啊啊啊啊啊啊！”

保镖们几乎都被我打倒了，看到情势对己方不利，剩下的保镖们也都吓坏了。

“那……那把弓是？”

……看来他们已经发现了。

我给马尔多使了个眼色，马尔多点了点头，大声喊道：

“都安静！你们都看不到这位大人手上的弓吗？”

我安静地举着手上的弓。保镖们和邪恶贵族都说不出话了。

“想必你们已经知道这位大人的身份了。见到这位弓之勇者，也就是树·川澄阁下，各位本该不胜惶恐。”

在场的人全都低下了头，与刚才勇猛战斗的样子形成了鲜明的对比。

在我的威势面前，大家也都噤若寒蝉呢

“那么……关于此次骚动，我作为勇者会上报国家。你们很快就会受到严厉的惩戒吧。”

“怎……怎么这样！我们可从来没做过什么坏事啊！”

“我们已经收集了足够的证据。你们还想狡辩吗？”

“唔啊！”

马尔多一脚踢飞了还想说什么的邪恶贵族，还反复殴打他。

算了，反正这里的贵族也逼得很多人流血流泪，就当是那些人对他的报复好了。

“快点把你们抓的女孩放了。”

听我这么说，邪恶贵族踉踉跄跄地站起来，不知道从哪里抽出一把尖刀，拿在手上就跑开了。

居然还跑得挺快的，大概有Lv65吧。

看起来只要是贵族，本身应该多少都是有些能力的。

他被马尔多打了半天，居然没伤到不能动的程度，这样一来也说得通了。

“你们也就能嚣张这一会儿了！不对，你们根本就是假扮成弓之勇者的骗子！看我怎么修理你们！”

“愚蠢的人啊！”

马尔多他们各自使用自己的武器攻击贵族。

“唔啊啊啊！呃！不——去死——”

愚蠢……反抗我，就等于没救了。

“唔哇啊啊啊啊！”

那些保镖们都争先恐后地逃跑了。

剩下的只有被打倒在地的邪恶贵族。

他被马尔多等人彻底打倒，已经连动都不能动了。

“这件事总算是告一段落了！”

我差不多每次事情结束后都要说这句话，马尔多他们听到这句话，也都露出了笑容。

“唔啊啊啊啊……爸爸、妈妈……”

我们从邪恶贵族那里拿到钥匙，去救被他关起来的隔壁镇贵族的女儿莉西亚。

我们咔嚓一声打开门，里面的女孩子吓了一跳，还往房间的里面缩了缩。

她的年纪……应该有多大呢？

据她双亲所说，应该是十七岁……但是一眼看去，可要年幼得多。

不过确实是一个能吸引邪恶贵族的可爱少女。

“你……你们是什么人？”

“已经没事了。我们听你父母说了经过，是来救你的。坏人已经不在了，你放心吧。”

“真……真的吗？”

“是的。好了，来吧。”

我走到莉西亚小姐的身边，她战战兢兢地握住了我伸过去的手。

我把她拉起来，带她离开了宅邸，回到了她双亲身边。

“爸爸！妈妈！”

“莉西亚！”

“我好害怕啊……是这位先生救了我。”

“我们刚刚接到国家使者的通知，说是弓之勇者阁下已经惩戒了这里的领主。我们还被委托暂时代管这里呢，莉西亚。”

“唔啊啊，是吗？”

莉西亚吃惊地看着我。

“是啊，现在已经不需要再隐藏身份了。没错，我就是弓之勇者川澄树。”

“唔啊啊啊啊啊！”

莉西亚小姐好像非常震惊地发出了这样的声音。

这孩子的感叹词可真奇怪。

“好啦，擦干眼泪吧，以后你就可以和家人一起幸福生活了。今晚就好好休息吧。”

我们说完，就把莉西亚小姐留在她父母身边，各自去休息了。

第二天，我们在住宿地门口等了一会儿，莉西亚小姐她们也出来了。

“啊，是弓之勇者阁下！”

“嘘——”

我竖起一根手指，示意莉西亚小姐不要那么大声。

毕竟我们的伸张正义之举是要隐藏身份的。

不然的话，恶党看到我们就会闻风而逃了。

“对……对不起！”

“唔啊啊啊！真的是非常感谢。”

“不不不，这没什么啦。你要保密哦。”

“好……好的！”

太爽了！干净利索地伸张了正义，我的心情也非常好。

嗯？不远处有一只奇怪的魔物拉着马车。

Dimension Wave这游戏里……有那种魔物吗？

虽然看起来有点像菲洛鸟……又好像不太一样？

“那么，马尔多、罗吉尔以及各位，我们走吧。”

算了，无所谓吧。我们已经准备去完成下一个任务了。

“接下来，要不要去马尔多的老家啊？”

“不……不需要的！我们家族的领地没有什么坏人的！”

“是吗？”

“是的！那是我成长的地方，所以我很清楚！”

“多么了不起的人啊。”

“唔啊啊……是的。我也想成为那样的人。”

但是我太弱小了，只能被绑架……

我也想像那位弓之勇者树阁下一样强大，成为助人为乐的正义卫士。

……我希望能够在他身边帮助他。

“爸爸、妈妈……虽然我才刚刚回来，但是，对不起，我……”

树阁下他们每离我远去一步，我的心都会抽痛。

“莉西亚……”

“你想做什么？”

“我……想和那位大人一起走。”

很不可思议，我居然会这么坚定。

如果跟那位大人一起，我一定能变得更强。我有这个预感。

“勇者阁下的战斗可不是闹着玩的呀？”

“那样也没关系吗？”

“是的。即使为了这个目标战死……我也不后悔。”

“……你这孩子，一直都是这样，平时特别听话，然而一旦自己决定要做什么，都会做到底。”

“是啊，老公。不是都说爱孩子，就要让她去历练吗？”

“莉西亚，你就去做自己想做的事吧。不过你要记得，我们两个……总会想着你的。”

爸爸和妈妈都同意了，还给了我一点钱。

“那我走了！爸爸、妈妈！我会努力的，请为我加油吧！”

我挥着手，和爸爸妈妈告别，追上了树阁下一行人。

那之后，树阁下也有些为难……最后为了让伙伴们接纳我，说是会让我做很多工作。

马尔多先生也说需要我做的事情很多。

虽然新人的工作非常辛苦，我也不会放弃。

就像树阁下他们现在做的一样，我也……想要成为正义的伙伴，去帮助那些因为艰难困苦而落泪的可怜人。

弓之勇者川澄树，他会做出正义的行为，都是因为想要被赞扬。

他会有理解真正的正义的一天吗……还是就这样贯彻着自以为是的所谓正义不改变呢？

这只有以后的历史才能知道了。

但是，有一个结果是肯定的。

她——莉西亚·艾比莱德因此被伤害，以不正当的理由遭到解雇这件事……就发生在不久之后。

来到这个万事以自己为中心，既新鲜又刺激的理想世界……他在异世界里正如鱼得水呢。

据《四圣武器书》所记载，弓之勇者的特征是正义。

而分不清“匡扶正义”和“自以为是”有何区别的勇者，未来的命运又会如何呢？

现在的他并不是真正的勇者。

他只会考虑如何满足自己，以后必将遇到大麻烦。

被他拯救的少女也在弓之勇者的故事中暂时消失了。

而承接后续故事的人，正是从附近路过的那辆马车的主人——盾之勇者。

然而，这一切都不能阻止滔天巨浪的到来。

不久之后，也必会被毁灭一切的浪潮抹消干净……

图书在版编目（CIP）数据

盾之勇者成名录. 6 / (日) Aneko Yusagi著 ; (日)
弥南星罗绘 ; tomo译. -- 成都 : 四川美术出版社,
2019.8
ISBN 978-7-5410-8814-8

Ⅰ. ①盾… Ⅱ. ①A… ②弥… ③t… Ⅲ. ①长篇小说
—日本—现代 Ⅳ. ①I313.45

中国版本图书馆CIP数据核字（2019）第189664号

原著名：《盾の勇者の成り上がり 6》，著者：アネコユサギ，绘者：弥南せいら 日版设计：ragtime
TATE NO YUUSHA NO NARIAGARI Vol.6

四川省版权局著作权合同登记号：21-2019-288

本书为引进版图书，为最大限度保留原作特色、尊重原作者写作习惯，故本书酌情保留了部分外来词汇。特此说明。

盾之勇者成名录 6

Dun Zhi Yongzhe Chengming Lu 6　　［日］Aneko Yusagi著；［日］弥南星罗绘；tomo译

出 品 人： 马晓峰
责任编辑： 杨　东
文字编辑： 丘俊龙
美术编辑： 刘昭茵　杨　帅
责任校对： 徐红秀
出版发行： 四川美术出版社
成都市锦江区金石路239号　邮编610023
成品尺寸： 787mm × 1092mm　1/32
印　　张： 8.875
字　　数： 210千
印　　刷： 中华商务联合印刷（广东）有限公司
版　　次： 2019年10月第1版
印　　次： 2019年10月第1次印刷
书　　号： ISBN 978-7-5410-8814-8
定　　价： 40.00元

联系地址：中国广州市黄埔大道中309号 羊城创意产业园3-07C
电话：（020）38031051　传真：（020）38057562
官方网址：http://www.gztwkadokawa.com/
广州天闻角川动漫有限公司常年法律顾问：北京市盈科（广州）律师事务所